257 —

O charuto apagado de Churchill

ROMANCE

Thomas Brussig

O charuto apagado de Churchill

ROMANCE

L&PM EDITORES

Título original: *Am kürzeren Ende der Sonnenallee*

Capa: Marco Cena
Revisão: Jó Saldanha e Renato Deitos

ISBN: 85.254.1498-0

B912c Brussig, Thomas, 1968
O charuto apagado de Churchill / Thomas Brussig; tradução de Marcelo Backes -- Porto Alegre: L&PM, 2005.
152 p. ; 21 cm

1. Literatura alemã-Romances. I. Título.

CDU 821.112.2-3

Catalogação elaborada por Izabel A. Merlo, CRB 10/329.

Porto Alegre: Rua Comendador Coruja 314, loja 9 - 90220-180
Floresta - RS / Fone: 51.3225.5777
Pedidos & Depto. comercial: vendas@lpm.com.br
Fale conosco: info@lpm.com.br
www.lpm.com.br

Impresso no Brasil
Primavera de 2005

Para meus pais,
Sigune e Siegfried Brussig

Agradecimento a Leander Haußmann

Quando um livro é publicado, há muitas pessoas às quais o autor gostaria de agradecer. Isso pode ser feito pessoal ou verbalmente. No presente caso, todavia, há alguém que merece um agradecimento impresso, pois neste livro acabaram sendo usadas várias idéias que surgiram durante nosso trabalho conjunto em um roteiro.
Obrigado, Leander!

Thomas

Sumário

O charuto apagado de Churchill

A vida oferece oportunidades incontáveis para uma pessoa revelar o próprio endereço, e Michael Kuppisch, que morava na Alameda do Sol, em Berlim, sempre voltava a experimentar que a Alameda do Sol era capaz de provocar emoções pacíficas, e até mesmo sentimentais. Segundo a experiência de Michael Kuppisch, a Alameda do Sol atua justamente em momentos de incerteza e até mesmo em situações de tensão. Mesmo saxões hostis quase sempre se tornavam amistosos quando ficavam sabendo que tratavam com um berlinense, morador da Alameda do Sol. Michael Kuppisch era capaz de imaginar com facilidade que também na Conferência de Potsdam, no verão de 1945, quando Josef Stálin, Harry S. Truman e Winston Churchill dividiram a ex-capital do Reich em setores, a menção da Alameda do Sol tenha causado algum efeito. Sobretudo junto a Stálin; ditadores e déspotas são, conforme se sabe, predestinados a se tornar vítimas de suspiros poéticos. Stálin não quis deixar a rua com o nome tão belo de Alameda do Sol cair nas mãos dos americanos, pelo menos não inteira. De modo que expôs suas reivindicões a Harry S. Truman no que dizia respeito à Alameda do Sol – reivindicações que naturalmente foram rejeitadas por este. Mas Stálin não deixou por menos e bem rápido a coisa esteve a ponto de descambar para as vias de fato. Quando as pontas dos narizes de Stálin e de Truman estavam quase se tocando, o premiê britânico se meteu entre os dois, separou-os e pôs-se, ele mesmo, diante do mapa de Berlim. À primeira vista percebeu que a Alameda do Sol tinha mais de quatro quilômetros de extensão. Churchill estava tradicionalmente no lado dos americanos, e qualquer pessoa naquela sala considerava impossível que ele cedesse a Alameda do Sol a Stálin. E, conforme o que todo mundo conhecia de Churchill, ele iria dar uma tragada em seu charuto, refletir por um momento, em seguida soprar a fumaça, balançar a cabeça e passar ao ponto seguinte da negociação. Mas quando Churchill tragou em sua bagana, percebeu, aborrecido, que ela tinha se apagado mais uma vez. Stálin foi tão solícito em lhe alcançar fogo que, enquanto gozava sua primeira tragada e se inclinava sobre o mapa de Berlim, Churchill refletiu como poderia retribuir de maneira adequada o gesto de Stálin. Quando Churchill voltou a soprar a fumaça, deu a Stálin uma pontinha de sessenta metros da Alameda do Sol e mudou de tema.

Deve ter acontecido assim, pensou Michael Kuppisch. Pois, do contrário, como é que uma rua tão longa seria dividida pouco antes do final? E às vezes ele também pensava: "Se o estúpido do Churchill tivesse cuidado melhor de seu charuto, nós hoje viveríamos no lado ocidental".

Michael Kuppisch sempre buscava explicações, pois demasiadas vezes se vira confrontado com coisas que não lhe pareciam normais. O fato de morar em uma rua cujo número mais baixo era o 379 – ele sempre ficava admirado com isso. Assim também ele não conseguia se acostumar com a humilhação cotidiana que consistia em ser cumprimentado com risos de zombaria vindos da torre de controle do lado ocidental, quando punha os pés para fora de sua casa – turmas inteiras lançavam apupos, assoviavam e gritavam: "Olha só, esse é um comuna de verdade!" ou "Ei, comuna, dá um tchauzinho, que nós queremos bater uma foto!". Mas todas essas excentricidades não eram nada se comparadas com a experiência quase inacreditável de sua primeira carta de amor, que foi carregada pelo vento até a faixa mortal e lá ficou caída – antes mesmo de ele conseguir lê-la.

Michael Kuppisch, que todos chamavam de Micha (afora sua mãe, que de um dia para outro passou a chamá-lo de Mischa[1]),

1. Micha pronuncia-se com "h" aspirado em alemão, Mischa, com o "ch" português, o que lhe dá um sotaque russo, ao passo que o "h" aspirado está bem mais próximo da pronúncia tipicamente alemã. (N. do T.)

e que não apenas tinha uma teoria sobre o porquê da existência de um trecho mais curto na Alameda do Sol, como também uma teoria sobre por que razão aqueles anos foram a época mais interessante que jamais existira ou ainda haveria de existir no trecho mais curto da Alameda do Sol. As únicas casas que se localizavam do trecho mais curto da Alameda do Sol eram as legendárias construções Q3a, com seus apartamentos minúsculos e apertados. As únicas pessoas que se mostravam dispostas a morar por lá eram jovens casais, animados pelo desejo de enfim viverem juntos sob um mesmo teto. Mas os jovens casais em pouco tempo tinham filhos – e assim tudo ficava ainda mais apertado nos apertados apartamentos. Um apartamento maior era algo impensável; as repartições públicas simplesmente contavam os quartos e declaravam as famílias como "devidamente providas". Por sorte isso acontecia em quase todas as moradias, e quando Micha começou a estender sua vida para a rua, porque já não suportava mais os limites do apertado apartamento, encontrou muitos outros que estavam na mesma situação. E porque em quase todos os lugares no trecho mais curto da Alameda do Sol acontecia quase a mesma coisa, Micha se sentia como a parcela de algo em potencial. Quando seus amigos falavam: "Nós somos uma turma", Micha dizia: "Nós somos algo em potencial". O que queria dizer com isso, nem mesmo ele sabia ao certo, mas sentia que havia algum significado quando todos os dias eles saíam todos do mesmo aperto-Q3a[2] para se encontrar, se mostrar nas mesmas roupas, ouvir a mesma música, sentir a mesma saudade e a cada dia se mostrar mais nitidamente fortalecidos para quando finalmente fossem grandes fazer tudo, mas tudo mesmo, diferente. Micha inclusive considerava um sinal dos mais esperançosos o fato de todos amarem a mesma menina.

---

2. Explicações para esta e outras siglas, nomes de produtos que circulavam na ex-Alemanha Oriental, músicas, personagens históricas menos conhecidas, datas, jogos, acidentes geográficos, ruas e apelidos de personagens que aparecem no livro podem ser encontradas no glossário, a partir da página 145. (N. do T.)

Os punidos

Eles sempre se encontravam num parque abandonado – as crianças que deveriam brincar nesse parque haviam sido eles mesmos, mas depois deles não houve outras crianças. E uma vez que nenhum rapaz de quinze anos no mundo inteiro pode dizer que vai a um parque infantil, eles chamavam o que faziam de "dar uma banda no parque", o que soava bem mais subversivo. E então eles ouviam música, de preferência aquilo que era proibido. Na maior parte das vezes era Micha que trazia novas canções – mal ele as havia gravado no SFBeat e já as tocava no parque. De qualquer maneira, elas ainda eram novas demais para já estarem proibidas. Uma canção se tornava bem mais valiosa quando ficavam sabendo que era proibida. *Hiroshima* era proibida, assim como *Je t'aime* ou os Rolling Stones, que eram proibidos de cabo a rabo. Mas a mais proibida de todas era *Moscow, Moscow*, do Wonderland. Ninguém sabia quem proibia as canções, e menos ainda por que motivo.

Moscow, Moscow era ouvida sempre em uma espécie de êxtase *blues* de caráter autista – quer dizer, em movimentos embalados e de olhos apertados, os dentes agarrados ao lábio inferior. A questão era sondar o *feeling* definitivo do *blues* e também não esconder como já haviam chegado longe no que diz respeito a isso. Além da música e dos próprios movimentos, não havia nada, e assim os do parque só percebiam tarde demais que o ABV de repente estava em pé, ao lado deles, justamente no instante em que o amigo de Micha, Mario, exclamava ardorosamente: "Cara, como isso é proibido! Totalmente proibido!" e o ABV desligava o gravador para perguntar, triunfante: "O que é que é proibido?".

Mario bancava a maior inocência.

– Proibido? Como assim, proibido? Alguém disse a palavra proibido por aqui?

E ele logo percebia que não teria como escapar.

– Ah, tá, o senhor quer dizer *proibido* – disse Micha aliviado. – Isso é linguagem jovem.

– A expressão *proibido* encontra aplicação na linguagem jovem, quando os falantes ainda menores de idade querem emprestar expressão a seu entusiasmo – disse Óculos, que já tinha lido tanto a ponto de não apenas ter estragado seus olhos, mas também de poder dizer as frases mais longas com arrogância e com a maior facilidade. – *Proibido* é, pois, uma palavra que expressa concordância.

– Assim como *legal* ou *beleza* – observou Carapinha, que era chamado assim por ser parecido com Jimi Hendrix.

– Assaz populares na linguagem jovem são também as expressões *massa* e *maneiro* – disse Óculos.

– Que por sua vez querem apenas dizer a mesma coisa que legal, bacana, porreta ou justamente... *proibido* – esclareceu o Gordo.

Todos confirmaram com a cabeça, solícitos, e esperaram para ver o que o ABV diria sobre aquilo.

– Ei, moçada, vocês estão querendo me passar a perna – disse este. – Eu acredito, antes de qualquer coisa, que vocês têm de conversar sobre o fato de ser totalmente proibido não devolver o passaporte que uma cidadã da República Federativa Alemã perdeu, caso a gente o encontre.

– Não – disse Micha. – Ou melhor, sim... Quer dizer, nós sabemos, naturalmente, que é totalmente proibido não entregar um passaporte encontrado. Mas não chegamos a conversar sobre isso, senhor guarda.

– *Cabo da guarda*! – ensinou o ABV, severo. – Eu não sou guarda, mas sim cabo da guarda. Um grau abaixo do comando. Primeiro se é guarda superior, depois guarda principal, cabo e cabo da guarda. Mas na próxima semana me tornarei subtenente. E este é um grau do oficialato.

– Mas que interessante. Meus parabéns! – disse Micha, que estava aliviado pelo fato de o ABV ter esquecido por que razão havia chegado ao parque.

Em vez de perseguir o *proibido*, ele ficava declamando a hierarquia dos postos.

– Depois de tenente, vem tenente, primeiro-tenente, capitão, major, coronel... E todos são postos de *oficials*. – Micha deu um tapa nos quadris de Óculos, que justamente agora, quando o humor do ABV já estava melhorando, buscava ar para corrigir sua pluralização.

– E em seguida os postos de oficiais relativos a generais: major-general, tenente-general, general-de-brigada... Alguma coisa chama a atenção de vocês?

– Há um bocado de postos de oficiais – disse Carapinha, que se interessava tão pouco quanto os outros por postos de oficiais. – Mas o do senhor ainda parece ser bem baixo.

– O senhor ainda tem a melhor parte da carreira à sua frente – conjeturou o Gordo, que tomava os pensamentos de Carapinha e os formulava mais amistosamente.

– Nada disso, rapazes! Se vocês tivessem prestado mais atenção, teriam percebido que, entre os oficiais, o tenente está logo abaixo do major, mesmo que entre os generais o tenente-general esteja acima do major-general.

– Mas como é que isso é possível? – perguntou Mario, incrédulo.

– Os últimos serão os primeiros – disse Óculos. – Isso está escrito... – ele não prosseguiu na fala, porque Micha mais uma vez lhe deu um tapa nos quadris.

– Na semana que vem vou me tornar subtenente e então vou tomar medidas drásticas quanto a isso aqui – disse o ABV, decidido. – Se algum de vocês encontrar um passaporte de alguma cidadã da Alemanha Ocidental, ele tem de ser entregue a mim. Entendido?

– Como é que é o nome dessa cidadã da Alemanha Ocidental? – perguntou Óculos, que mais uma vez quis saber todos os detalhes.

– Vocês naturalmente têm de entregar pra mim qualquer passaporte que encontrarem. Mas o passaporte perdido pertence a uma certa Helene Rumpel... Como é o nome da cidadã da Alemanha Ocidental?

– Helene Rumpel – respondeu Mario. Mario tinha os cabelos mais compridos do que os outros e por isso era tido como o mais rebelde. Se Mario dava ao ABV respostas educadas, então o ABV por certo poderia alimentar a sensação de ter conseguido se impor no parque.

– Exatamente, Helene Rumpel – repetiu o ABV, e os rapazes concordaram, acenando. Em seguida o ABV quis partir, mas depois de três passos se lembrou de alguma coisa e voltou.

– E que música era aquela que estava tocando? – ele perguntou, espreitando, procurou a tecla *play* do gravador e *Moscow, Moscow* voltou a tocar. O coração de Micha quase saiu pela boca. A mais proibida entre as músicas proibidas! O ABV ouviu e por fim fez um aceno de cabeça, dando ares de conhecedor.

– De quem é a fita? – perguntou o ABV. – Hein? Quem que é o dono da fita?

– Na verdade é minha – disse Micha.

– Ahá! Vou levá-la comigo. É que eu também gosto de botar minhas músicas para os colegas.

Micha cerrou os olhos de horror quando se deu conta do que ele estava dizendo. Em seguida apenas ouviu o que o ABV gritou, animado, já partindo:

– Hein, rapazes, vocês por certo não acreditavam que eu tinha um hobby desses, não é?

Depois de uma semana, o ABV não foi promovido de cabo da guarda a subtenente, mas sim rebaixado a cabo. E ele passou a pegar no pé de Micha, obrigando-o a se identificar. Sempre que Micha cruzava seu caminho, ele dizia:

– Bom dia. Cabo Horkefeld, serviço de investigação. Sua identidade, por favor.

Nas primeiras vezes, Micha tomava as palavras serviço de investigação a sério e suspeitava que ouvintes de *Moscow, Moscow* cedo ou tarde passavam a fazer parte das listas de procurados. Mais tarde ele chegou à conclusão de que o ABV de fato tinha tocado *Moscow, Moscow* para seus colegas, possivelmente até mesmo no grande baile da polícia, por ocasião das promoções. E uma vez que *Moscow, Moscow* era tão indescritivelmente proibida, devia ter havido um escândalo gigantesco no salão de festas. Micha conseguia imaginar muito bem a cena: o diretor da polícia por certo correra ao palco pessoalmente, a fim de golpear as caixas de som com um cassetete de borracha, enquanto o ministro da Segurança havia sacado sua arma de serviço a fim de cobrir o gravador de balas em meio à música. E então os dois haviam arrancado com certeza, ao mesmo tempo, as duas ombreiras de subtenente, novinhas em folha, do uniforme um do outro. Que tudo havia acontecido assim, se não de um modo ainda pior, Micha era obrigado a supor depois de ter experimentado tantas vezes com quanta fúria o ABV o tratava nos controles de identidade.

Se o ABV não tivesse levado consigo a fita com *Moscow, Moscow*, então a primeira carta de amor de Micha também não teria voado para a faixa da morte. A situação era complicada e por isso difícil de ser esclarecida, mas tinha a ver com *Moscow, Moscow* de alguma maneira, ainda que indiretamente. Micha sequer podia ter certeza se aquela carta de fato havia sido enviada para ele, e também não podia ter certeza se aquele carta era da menina de quem ele morria de vontade de receber uma carta de amor.

Essa menina se chamava Miriam, estudava na turma B e era, obviamente, a mais bela da escola. (Para Micha ela naturalmente também era a mais bela do *mundo*.) Ela era *o* acontecimento da Alameda do Sol. Quando ela aparecia na rua, o mundo era tomado por um ritmo totalmente diferente. Os trabalhadores da rua deixavam seus martelos de ar comprimido cair, os carros ocidentais, que vinham do posto de passagem da fronteira, freavam e deixavam Miriam atravessar a estrada diante deles; na torre de controle da zona da morte os soldados da fronteira manejavam seus binóculos e o riso das turmas de secundaristas ocidentais recém-formados na torre panorâmica morria e era substituído por um sussurrar reverente.

Não fazia muito tempo que Miriam estava na escola em que também Micha, Mario e os outros estudavam. Ninguém sabia mais detalhes sobre ela. Miriam era para todos a mulher estranha, bela, misteriosa. A rigor, Miriam era filha ilegítima, mas também isso ninguém sabia. Ela era filha ilegítima porque seu pai um dia havia dobrado a esquina cedo demais. Ele se encontrava a caminho do cartório de registros civis, onde queria encontrar a mãe de Miriam, que estava grávida de oito meses. O casamento aconteceria em Berlim, e o pai de Miriam mal conhecia Berlim. Ele vinha de Dessau e pegou a saída errada ao deixar a Armação da Águia, desceu pela Rua do Horto Florestal e de repente estava com seu Trabi[3] na passagem de fronteira da Alameda do Sol. Ele estava longe de entender que se encontrava em uma passagem de fronteira, e por isso praguejou, desceu do carro e correu nervoso por ali.

– Mas eu quero passar! – ele não parava de exclamar.

Muitas vezes acontecia que os carros se perdiam em uma passagem de fronteira, e na maior parte das vezes eram mandados de volta sem grandes obséquios. Mas o encolerizado pai de Miriam tinha feito um escarcéu tão grande que os policiais da fronteira se ocuparam dele mais cuidadosamente. Ele foi interrogado por tanto tempo que não conseguiu mais chegar a tem-

3. O nome carinhoso para o Trabant, o carro por excelência da República Democrática Alemã (RDA). (N. do T.)

po ao cartório, e, antes que se chegasse a marcar um novo encontro, Miriam havia nascido. De modo que Miriam era filha ilegítima.

Quando o irmão mais novo de Miriam nasceu, Miriam já sabia que seus pais iriam se separar. Seu pai não regulava muito bem – quando às vezes era trancado fora de casa, derrubava a porta a pontapés ou fazia o maior estardalhaço na rua, coisa que era incrivelmente constrangedora tanto para Miriam quanto para sua mãe. Quando os pais de Miriam enfim se separaram, a mãe de Miriam quis se sentir segura diante das perseguições incômodas do maluco pai de Miriam – e assim se mudou para o trecho mais curto da Alameda do Sol.

Ela supôs, e acertou em cheio, que o pai de Miriam evitaria aquela região a todo custo.

A relação de Miriam com rapazes e homens nada tinha de transparente. Óculos dizia que ela se comportava como qualquer criança naturalmente perturbada por uma separação – era discreta, sem objetivos, pessimista. Miriam foi vista várias vezes subindo em uma moto que aparecia justamente no instante em que ela punha os pés para fora de casa. A máquina era uma AWO, portanto, a motocicleta mais badalada do momento. A AWO era a única com motor de quatro tempos em todo o bloco oriental, e ela ainda por cima tinha status de raridade, pois não era mais fabricada desde o princípio dos anos 60. O fato de Miriam subir numa AWO deixava claro aos do parque que ela já se movimentava em um mundo completamente diferente. Nem Micha nem Mario, Óculos ou o Gordo tinham uma moto, nem mesmo uma mobilete; apenas Carapinha tinha uma bicicleta dobrável. E se algum deles tivesse tido uma mobilete ou talvez uma moto, seria apenas uma dessas com um irritante e sacolejante motor de dois tempos. Mesmo uma Java de 350 cilindradas, que pelo menos tinha dois cilindros, não chegava nem perto do som profundo e tranqüilo da AWO. O som de uma AWO realmente tinha algo irresistível. Quando Miriam ouvia a máquina ronronar em frente à sua casa, ela corria para fora, cumprimentava o motoqueiro com um beijo rápido – e lá se ia. O dono da AWO jamais encarava o parque, pois usava sempre uns óculos de motociclista.

– Talvez ele não seja namorado dela – disse Micha certa vez. – Talvez seja apenas... – mas não lhe ocorreu ninguém que buscasse diariamente a menina mais bonita, fosse cumprimentado por ela com um beijo e não fosse seu namorado.

– Talvez seja apenas o tio dela – disse Mario fazendo troça. Mario também estava vidrado em Miriam, mas, ao contrário de Micha, ele não idealizava a garota.

– Você quer ficar com ela ou adorá-la? – ele perguntou a Micha certa vez, e Micha respondeu, fiel à verdade:

– Pra começar, quero só adorá-la.

– Ahá, pra começar. E depois, quando o pra começar tiver passado? – perguntou Mario.

– Então... então eu quero morrer – replicou Micha.

Ele pensava, abatido, que ainda estava longe de estar pronto para começar alguma coisa a sério com uma garota, por querer apenas adorá-la para depois morrer nobremente por ela.

Durante semanas e então meses ele não teve coragem de dirigir a palavra a Miriam, e se a oportunidade por acaso se oferecia, por exemplo, durante o recreio, na escola, quando ela de repente parava na fila diante dele, ele voltava a se esfarelar de timidez.

De qualquer maneira, Micha sempre tentava arrancar do irmão mais novo de Miriam todas as informações possíveis sobre ela. Todos os que estavam vidrados em Miriam – e ao grupo pertenciam todos os rapazes das turmas mais avançadas – tentavam interrogar o irmão mais novo de Miriam sobre Miriam. O irmão mais novo de Miriam tinha apenas dez anos, mas conhecia muito bem o valor de suas informações. Ele fazia com que lhe pagassem por isso, e com carrinhos Matchbox. Se alguém queria saber algo dele sobre Miriam, ele perguntava, primeiro:

– Você tem aí um Matschi[4]?

A coisa foi divulgada com rapidez, e assim os rapazes das turmas superiores se tornaram experts em carrinhos Matchbox. Seus parentes ocidentais ficavam admirados com o fato de que moços já com quinze e dezesseis anos desejassem o Lamborghini Countach ou o Road Dragster de presente de Natal.

Pois o irmão mais novo de Miriam não aceitava qualquer carro. Quando Óculos certa vez quis lhe empurrar um pouco estimulante caminhão Kennel verde-abacate, ele se recusou a dar a informação requerida. Tinha de ser um Maserati ou um Monteverdi Hai, e ainda por cima com as rodinhas e amortecedores em dia.

O irmão mais novo de Miriam era, de modo geral, um privilegiado. Ninguém ousava pôr as mãos nele. Quando era ameaçado de levar uma surra dos colegas de sua idade, ele podia contar com o apoio dos mais velhos, e tampouco estes faziam algo contra ele, pouco importando o quão desavergonhadamente ele se comportava. O irmão de Miriam era tão intocável quanto a própria Miriam.

Certa vez, ao estar verdadeiramente em apuros, Micha acabou tentando chamar a atenção de Miriam para si. O "estar verdadeiramente em apuros" consistia no fato de ele ter sido condenado a colaborar com uma palestra nas discussões políticas sobre o rumo do socialismo. Seu amigo Mario havia enriquecido o lema O PARTIDO É A VANGUARDA DA CLASSE TRABALHADORA!, que estava exposto em letras grandes no vestíbulo da escola, com um "A" no lugar certo, de modo que a frase passou a dizer O PARTIDO É O PREPÚCIO DA CLASSE TRABALHA-

4. Forma carinhosa para designar os carrinhos de brinquedo da marca Matchbox, tão amados pela meninada – inclusive dos países socialistas. Tanto Matchbox quanto Matschi passaram a designar genericamente carrinhos em miniatura. (N. do T.)

DORA![5] E Mario foi denunciado por isso; sempre havia por perto um araponga para denunciar todo mundo. Lamentavelmente, Mario se encontrava em uma espécie de lista negra.

– Mais uma dessas e você vai pagar caro – tinham lhe dito na última vez, e na ocasião ele apenas fora sido surpreendido fumando.

E agora ele teria de pagar a conta – seja lá o que isso significasse. Mario queria fazer a prova de conclusão do ensino médio ou pelo menos conseguir uma vaga de aprendiz de mecânico, mas de repente floresceu para ele uma carreira de pedreiro, torneiro ou especialista formado. Na condição de amigo de Mario, porém, Micha acabou assumindo a culpa pelo "A"; talvez também tivesse sido importante o fato de recém terem se ocupado da Fiança, de Schiller. Mesmo assim Micha gostaria de ter a fama de ser o autor de ações arrojadas.

E acrescentar um "A" no lugar certo em um lema em vermelho era uma ação pra lá de arrojada. Lamentavelmente, nem Mario nem Micha sabiam que o lema era de Lênin. A corda, que deveria ser posta em volta do pescoço do malfeitor, foi tecida conforme segue: "Quem ofende Lênin, ofende o partido. Quem ofende o partido, ofende a República Democrática Alemã. Quem ofende a República Democrática Alemã é contra a paz. Quem é contra a paz tem de ser combatido" – e, conforme parecia, Micha havia ofendido Lênin. Por isso ele foi condenado por sua diretora, que havia sido castigada com o nome de Erdmute Löffeling, a colaborar com uma palestra nas discussões políticas.

Palestras em discussões políticas eram uma punição de verdade, ainda que no fundo fossem uma honra de verdade. Ninguém gostava de dar uma palestra nas discussões políticas. Todo mundo se esquivava. Mas, ao fazê-lo, tinha de ficar parecendo que até gostaria muito de dar a palestra, mas lamentavel-

5. No original alemão, DIE PARTEI IST DIE VORHUT DER ARBEITERKLASSE! *Vorhut* significa "vanguarda", *VorhAut* significa "prepúcio". (N. do T.)

mente, lamentavelmente mesmo, se estava impedido por motivos de força maior.

– Eu tenho bloqueios diante de multidões.

– Com certeza há outros que o fariam melhor.

– Não me ocorre nada que fosse suficientemente digno.

– Não sou um bom orador.

– Não tenho tempo para me preparar, minha mãe está doente.

– Eu já tive a oportunidade de palestrar no ano passado.

– Vou estar rouco, com certeza.

Micha, de qualquer forma, não teve como inventar desculpas. Ele havia pecado e tinha de mostrar arrependimento. Sua palestra na discussão política teria o título de "A atualidade das citações dos clássicos do marxismo-leninismo". Miriam jamais havia tido algo a ver com Micha. Ele temia se transformar naquele "do discurso vermelho" para Miriam, caso ela se desse conta da existência dele justamente por causa daquele discurso. Micha tinha de se colocar em cena diante de Miriam ainda antes disso. E nisso constituía o estado de apuros.

Ele tinha duas semanas de prazo, e nessas duas semanas aconteceria também o baile da escola. O baile da escola era nas primeiras semanas de cada ano letivo, quando ninguém ainda havia obtido notas tão ruins a ponto de não poder mais festejar despreocupadamente. Mesmo assim, jamais pintava um clima, uma vez que o baile acabava já às nove da noite e apenas na última meia hora a sala ficava tão escura quanto em uma discoteca de verdade. Apesar disso, Micha considerou o baile da escola a única oportunidade adequada para tentar aparecer diante de Miriam.

Naturalmente o baile da escola era a oportunidade mais inadequada.

Compareciam todos os rapazes das turmas superiores, e todos estavam dispostos a fazer mais ou menos a mesma coisa. Quem não compareceu, no entanto, foi Miriam. Apenas quando Micha, Mario, Carapinha, Óculos e o Gordo já estavam fazendo bolinhas com as etiquetas das garrafas de refrigerante, tão grande era o tédio, Miriam apareceu. Ela foi se sentar ao lado de uma amiga, e ambas começaram a matraquear como se não se vissem há dez anos no mínimo. A amiga de Miriam era chamada pelas costas de "canhão", porque algum fofoqueiro dissera certa vez que um canhão provavelmente tinha destroçado o rosto dela. Micha sabia que era absolutamente impossível encontrar alguém que concordasse em ir junto com ele para dançar com o Canhão. Nem mesmo Mario se mostrou disposto a isso; bem antes de Miriam ter chegado e se sentado ao lado do canhão, ele havia dito a Micha:

– Sei muito bem que estou te devendo uma coisa... Mas não ouse querer que eu dance com *aquilo*.

A Micha não restou alternativa a não ser tomar coragem e fazer o que um homem tem de fazer. Durante a pausa, antes de a música seguinte começar, ele se levantou e se pôs a atravessar todo o infinito caminho que levava ao outro lado do salão. Assim que a primeira nota foi ouvida, ele perguntou a Miriam:

– Vamo dançá?

Ele fez o maior esforço do mundo para aparentar descontração.

Mas de repente um susto o fez tremer até os ossos, e ele soube que estava sendo ridículo da maneira mais patética... A música que começou a tocar era uma dessas músicas do leste, da pior espécie. Sotaque tcheco ordinário, dos mais ordinários. A pista de danças ficou vazia num só instante. Miriam e o Canhão interromperam por um momento o matraquear, mediram Micha de cima a baixo furtivamente e bufaram. A escola inteira testemunhou o ridículo. Micha ficou em pé, firme, mas Miriam e o Canhão recomeçaram o falatório, como se ele sequer existisse. De modo que ele teve de atravessar mais uma vez o salão com a escola inteira de olhos fixos nele.

Carapinha disse:

– Esse é um homem valente.

E com isso estava dito o que todos pensavam. Micha era o primeiro que tinha ousado convidar Miriam para dançar.

A partir daí, Micha permaneceu sentado em sua cadeira, como que anestesiado, até que de repente algo aconteceu – um tumulto dominou o ambiente. Mario cutucou Micha a fim de despertá-lo de sua letargia. Óculos tirou os óculos e começou a limpá-los nervosamente, e o queixo do Gordo caiu num movimento automático.

– Mas não é possível.

Miriam estava dançando, e não era com o Canhão. Ela dançava com alguém.

Ninguém sabia quem era esse alguém. Ele simplesmente havia entrado, com um punhado de amigos, e convidado Miriam para dançar. Seus amigos convidaram as outras meninas, apenas as melhores. E para isso eles inclusive tiveram a ajuda de uma música lenta. Uma *longa* música lenta. A longa música lenta em si. Quem um dia for contemplado com a sorte de dançar ao som dessa música jamais esquecerá e imediatamente dividirá a humanidade entre aqueles que passaram e aqueles que não passaram por essa experiência. Os primeiros são os abençoados, os iluminados, os outros são as pobres criaturas repudiadas pelo destino, privadas de uma experiência cósmica.

Miriam não apenas dançou com o estranho, como também permitiu uns amassos, e isso de maneira ostensiva. Micha estava vendo, a turma estava vendo, todo mundo estava vendo. Até que de repente a luz se acendeu e Erdmute Löffeling apareceu em pé no meio da sala. O dono e autor dos amassos vestia uma camiseta do ginásio John-F.-Kennedy. Miriam tinha se esfregado com um berlinense ocidental. Erdmute Löffeling fez uma cena e tanto. O berlinense ocidental foi expulso sem perda de tempo, Miriam, condenada a uma palestra na discussão política, e Micha passava a ser, por causa disso, o homem da hora.

Nos dias seguintes as atividades entre os rapazes da nona e da décima turma foram intensas; atividades que conheciam apenas um objetivo: todos queriam ser condenados a uma palestra nas discussões políticas. Mas isso estava condenado ao fracasso; com dois bodes expiatórios, já havia sido alcançado o limite. É que sempre tomavam parte na eleição que ocorreria a seguir um punhado de jovens profissionais da coordenação distrital da FDJ, e eles talvez pensassem que a escola fosse um ninho de devassidão, caso nas eleições para a FDJ se falasse apenas de erros e de Eu-prometo-melhorar.

Apesar disso, não cessou de haver, nos dias seguintes, ocorrências pelas quais qualquer aluno em circunstâncias normais teria sido condenado a uma palestra. Carapinha respondeu, na aula de Física, ao ser perguntado sobre como as pessoas deveriam se comportar depois da explosão de uma bomba atômica:

– Primeiro: olhar, pois uma coisa dessas se vê uma única vez. Segundo: deitar e rastejar para o cemitério mais próximo, mas... terceiro: bem devagar, para não haver pânico.

Ele levou um zero, mas não foi condenado à palestra. Mario, na aula de educação física, durante o arremesso de granada à distância, alcançou apenas quatro metros. A idéia por trás da ação era de ordem pacifista, mas Mario teve de fazer cinqüenta apoios, dos quais dez batendo palmas ao levantar o corpo, para que o castigo não ficasse parecendo uma coisinha de nada. Mas a uma palestra também ele não foi condenado. O Gordo se deixou surpreender fazendo esgrima com mastros de bandeira. Arriar bandeiras era ato que beirava o terrorismo, mas o Gordo foi condenado apenas a carregar a bandeira grande, que era chamada de "estandarte", no dia 7 de outubro, o que acabou se evidenciando uma punição de verdade, uma vez que no dia 7 de outubro choveu aos cântaros. Enquanto todos os outros apareceram por alguns instantes a fim de serem vistos, para logo em seguida se escafederem, o Gordo, com o estandarte, não podia simplesmente se escafeder. E o estandarte, que já era pesado em condições normais, na chuva ficou ainda mais pesado. Tão pesado que já não tremulava mais e por isso tinha de ser mantido abaixado. E com isso as condições determinadas pelas leis da mecânica se tornavam bem complicadas para o porta-estandarte. Era realmente um ato heróico o Gordo conseguir manter o estandarte, molhado até a última fibra, diante de si de modo que o emblema ainda pudesse ser visto.

Micha continuou sendo o único a ser condenado a uma palestra nas discussões políticas. Além de Miriam, é claro.

O encontro dos dois aconteceu no escuro, atrás do palco da sala de aula. Miriam chegara, como sempre, atrasada; a reunião já tinha começado há um bom tempo. O araponga fez um relatório de prestação de contas infinitamente longo, que transbordava de números percentuais. Esses números eram sempre mais ou menos acima de cem; algumas indicações também eram bem pouco abaixo de cem por cento. O araponga conseguia registrar tudo, mas tudo mesmo, em percentuais: censuras russas, obrigações prévias para três, dez ou vinte e cinco anos de serviço militar, contribuições individuais, filiações na FDJ, DSF, DTSB e GST, viagens escolares, subbotniks[6], mostras de apresentação dos mestres do socialismo de amanhã, número de freqüentadores de bibliotecas... Quando o araponga começou a apresentar também a participação no abastecimento do leite, durante o recreio, em números percentuais ("dezessete vírgula quatro por cento dos alunos da nona turma tomam leite integral com dois vírgula oito por cento de gordura, o que representa um aumento de dois vírgula dois por cento..."), os primeiros pegaram no sono. O único que não tinha de lutar contra o sono durante o discurso era Micha – mas ele estava esperando atrás do palco.

Então chegou Miriam, dando risadinhas e sem a blusa da FDJ, e ela sussurrou:

– Foi mal, cheguei atrasada. Será que estou no lugar certo?

---

6. Do russo *sobbota*, que significa sábado. Designa os serviços voluntários feitos aos sábados; por exemplo, a limpeza de escolas. (N. do T.)

Micha estava tão chocado que queria dizer a ela que ela estava no lugar certo em qualquer lugar, mas mal conseguia falar de tanto nervosismo e murmurou apenas:

– Sim, certo.

Era escuro e apertado. Ele jamais estivera tão perto dela. Miriam olhou Micha por um momento, em seguida virou as costas para ele e tirou a camiseta. Ela não tinha nada por baixo.

– Não vai olhar escondido! – sussurrou ela dando risadinhas, enquanto Micha esquecia de respirar, tão fascinado estava. Miriam tirou sua blusa da FDJ de uma sacola e jogou-a sobre o corpo. Ela ainda não tinha fechado todos os botões quando se virou para Micha. Este continuava paralisado.

– E aí – sussurrou Miriam. – Você também armou um barraco?

– Como? – perguntou Micha, que não entendeu o que ela quis dizer.

– Ora, alguma coisa você deve ter feito para ser punido a dar uma palestra.

– Ah tá, claro! – disse Micha, e de repente ele já não sussurrava mais, mas falava tão alto que qualquer um na sala que aguçasse um pouco o ouvido poderia ouvi-lo. – Eu ataquei Lênin, e além disso a classe trabalhadora e o partido. Assim, você pode muito bem imaginar o que aconteceu.

Quanto mais Micha tentava aparecer para Miriam, mais entediada ela parecia.

– Eles fizeram um escarcéu e tanto e por pouco não me...

– Os do oeste beijam bem diferente – ela o interrompeu com um timbre romântico na voz, e Micha engoliu em seco e emudeceu. – Eu bem que gostaria de mostrar como a alguém – ela sussurrou dando sua risadinha. E em seguida parou de rir... Como se acabasse de ter uma idéia. Micha desconfiou sobre *qual* idéia lhe ocorrera. Atrás do palco era tudo tão apertado que Micha não pôde recuar nem mais um passo. Na escuridão, ele viu os lábios cheios de Miriam brilharem úmidos. Os lábios se aproximaram vagarosamente, ele sentiu que na blusa da FDJ dois seios excitantemente cheios se levantavam e se abaixavam e sentiu seu cheiro suave e floral. Fechou os olhos e pensou *Ninguém vai acreditar nisso...*

Eis que justamente nesse instante o araponga terminou seu discurso e chamou Miriam ao púlpito. Embora fosse escuro atrás do palco, não era tão escuro que Miriam não pudesse perceber o olhar atônito de Micha.

– Um dia eu te mostro! – ela disse com uma última risadinha, subiu ao palco e fez um discurso no qual confessou que considerava especialmente másculos os rapazes que servem três anos no exército. A um homem desses ela naturalmente também seria fiel por três anos.

Erdmute Löffeling sacudia a cabeça, benevolente. Apenas Micha pôde ver que Miriam cruzava os dedos atrás das costas.

Micha estava tão inebriado com o quase-beijo de Miriam atrás do palco que já depois de umas poucas frases do seu discurso se desviou do manuscrito preparado anteriormente.

– Queridos membros da FDJ, eu gostaria de falar hoje da importância de conhecer os escritos dos teóricos da visão de mundo científica. Seus pensamentos eram perpassados por um imenso e eterno amor – e no instante em que Micha disse essas palavras, seus olhos se iluminaram e ele foi tomado pela euforia, sob a qual ele perdeu totalmente o controle. – Um amor que os tornava fortes e invencíveis e fazia com que eles deslizassem como borboletas para fora da crisálida que as envolvia, de modo que podiam bater suas asas, livres e felizes, nesse mundo magnífico, flanando sobre campinas suntuosas cheias de flores perfumadas, que floresciam nas mais belas cores...

O Gordo olhou preocupado à sua volta e perguntou baixinho:

– Alguém misturou alguma coisa à comida dele?

Mario sussurrou em resposta:

– Caso a resposta for sim, eu também gostaria de tomar um pouco disso.

O entusiasmo de Micha teve por conseqüência que Erdmute Löffeling, em seu pequeno discurso de apresentação, fez a seguinte pergunta:

– Pode um revolucionário se mostrar apaixonado? – para ela mesma logo responder: – Sim, um revolucionário também pode se mostrar apaixonado.

Mario teve de segurar Micha, pois do contrário este teria levantado de um salto e exclamado para a sala inteira, com os olhos brilhando: "Sim! Sim! Sejamos nós todos um pouco mais apaixonados!".

Depois da reunião, Micha foi até Miriam e disse a ela, de modo que ninguém mais pudesse ouvir:

– Eu vi que você cruzou os dedos enquanto discursava.

– Sim? – replicou Miriam. – Pois então agora nós temos um segredo – ela deixou Micha em pé, sozinho, e andou rapidamente em direção à saída.

Micha acreditou ouvir o ronco da AWO. Correu atrás de Miriam, mas conseguiu apenas vê-la desaparecer na carona da AWO. Seu bom humor não foi prejudicado com isso, nem mesmo com o fato de o ABV ter conferido seus documentos.

Ela me prometeu um beijo, ela me prometeu um beijo, ele pensava, cheio de júbilo, no caminho de casa. Mas como ele sabia que sua mãe o via da janela da cozinha, procurou não deixar que qualquer coisa pudesse ser percebida.

Ondetodosfalammisturadamente

A mãe de Micha se chamava Doris, e ela gostava de afirmar acerca de si mesma:

– Sou eu que mantenho todo esse negócio em pé!

E assim era. Todo esse negócio incluía também os irmãos de Micha, Bernd e Sabine, ambos mais velhos do que Micha.

Bernd estava no exército, e olha que por um triz ele não tinha se livrado dele. Ele fazia aniversário num dia bem esquisito, 29 de fevereiro. Para o exército, provavelmente cada fevereiro tinha apenas 28 dias – tanto que Bernd não recebera nenhuma intimação ao exame médico do alistamento militar. Quando apareceu no jornal o anúncio de que todos os que haviam nascido em tal e tal dia deveriam se apresentar para o exame médico do alistamento, Bernd simplesmente quis ignorá-lo:

– Ninguém pode exigir que eu leia o jornal todos os dias! Talvez eles não se dêem conta e me esqueçam – ele dissera na época. – Isso não vai ser descoberto jamais, com certeza!

A senhora Kuppisch, que já então era uma pessoa amedrontada, observou: – Uma coisa dessas é sempre descoberta!

E assim Bernd acabou indo ao comando distrital do exército. Ele abriu o jornal diante da comissão do exame médico dizendo as seguintes palavras:

– Bom dia, eu venho por causa do anúncio.

Os oficiais da comissão do exame médico não acharam aquilo nada engraçado. Deram a ordem para "Deixar de piadinhas!" e ralharam com ele:

– Aqui imperam outras normas! E isso não apenas em todo, mas em *todíssimo* sentido. – Eles ameaçaram Bernd com a ditaduuuradoproletariaaado e, aliás, acharam que ele já havia chegado ao limite...

Não apenas do permitido, mas também do permitidíssimo. Quando Bernd chegou do exame médico do alistamento, contou apenas que "todos lá falavam de um jeito muito engraçado". Em seguida, quando ele próprio juntou-se ao exército, também assumiu um jeito engraçado de se expressar. Quando chegou de férias, os Kuppisch conheceram um lado seu totalmente novo. De modo que ele não perguntava mais:

– Quando é que teremos o pão da janta? – mas sim: – Podemos meter as mãos na comida logo?

E quando lhe perguntavam como tinha sido o teatro, sua resposta soava mais ou menos assim:

– Depois da invasão da sala dos espectadores, ocupei minha posição na fila oito. Nenhuma ocorrência especial.

Naturalmente os seus estavam bem preocupados, mas não deixavam que ele percebesse nada. Isso há de acabar, eles pensavam, é apenas uma fase.

Ainda que Bernd estivesse no exército, o apartamento apertado continuava apertado como antes. Era uma moradia cansativa, achava Micha. O senhor Kuppisch era motorista de bonde e por isso muitas vezes tinha de levantar à noite, quando todos ainda dormiam. Através das paredes finas, Micha então ouvia todos aqueles barulhos com os quais um homem começa seu dia. Uma vez que o senhor Kuppisch tinha turnos de trabalho irregulares, por ser motorista de bonde, Micha nunca sabia quando era o fim do expediente de seu pai. O pai de Óculos, por sua vez, era engenheiro, e chegava todos os dias exatamente às cinco para as cinco em casa. Aos olhos de Micha uma situação paradisíaca. Óculos tampouco tinha irmãos. Micha, ao contrário, tinha ainda, além de seu irmão Bernd, uma irmã, que também era mais velha do que Micha e se chamava Sabine. Esta agora chegava à idade do namorado fixo, que ela sempre trazia junto consigo para casa. De qualquer forma, Sabine não havia compreendido inteiramente o princípio do namorado fixo – ela, a cada pouco tempo, tinha um *outro* namorado fixo. Micha nem mesmo guardava os nomes deles; dizia sempre apenas "o atual da Sabine". Sabine amava seu atual, fosse qual fosse, com tanta intensidade que sempre buscava imitá-lo o mais fielmente possível. Certa vez Sabine foi surpreendida pelo senhor Kuppisch no momento em que preenchia um requerimento de filiação partidária. O senhor Kuppisch subiu pelas paredes (o que naquele apartamento pequeno não significava muita coisa), mas Sabine simplesmente se referiu ao seu atual, em tom de desculpas:

– Mas ele também está no partido!

– E eu me responsabilizo também por ela – anunciou o atual. – Não é verdade que me responsabilizarei também por você?

Sabine anuiu com um gesto de cabeça, esperançosa, mas o senhor Kuppisch pôs um fim em tudo aquilo simplesmente arrancando das mãos de Sabine o requerimento, dobrando-o um punhado de vezes e o prendendo sob um dos pés da mesa capenga.

Por mais apertado que fosse o apartamento, ainda assim havia lugar para uma poltrona grande. Era uma poltrona imponente, em forma de trono, de braços estofados e molas que o tornavam profundamente envolvente. Essa poltrona era a cabine de honra de tio Heinz, o tio ocidental. Heinz parecia se sentir bem naquela poltrona, pois aparecia de visita muitas vezes. E esta também era a razão e a finalidade daquela poltrona.

O senhor Kuppisch lia o *Berliner Zeitung*, não o *Neues Deutschland*. O primeiro era um jornaleco com muitas notícias locais e uma pequena seção de classificados; o segundo era o *Órgão central*. A senhora Kuppisch descobriu com o tempo que todos os jornais no fundo traziam o mesmo que o *ND* publicava um dia antes, e quis convencer seu marido a mudar para o *ND*. Mas o senhor Kuppisch não queria:

– Era só o que faltava, não vou ficar esperando para poder ler aquela merda!

– Mas nosso vizinho também lê o *ND*! – observou a senhora Kuppisch. – E, sendo assim, ele não pode ser tão ruim.

– Mas o nosso vizinho também faz parte da Stasi! – observou o senhor Kuppisch.

– De onde você tirou isso?

– Do fato de ele ler o *ND*!

O senhor Kuppisch constantemente encontrava provas de que seu vizinho fazia parte da Stasi. A senhora Kuppisch não tinha tanta certeza disso. E assim as disputas eram infindáveis.

Ele:

– E além disso, eles têm telefone.

Ela:

– Mas isso não prova absolutamente nada!

Ele:

– Ah não? Por acaso nós fazemos parte da Stasi?

Ela:

– Naturalmente que não.

Ele:

– E por acaso nós temos telefone? Hein?

– Não, mas...

E eis que não ocorria mais nada à senhora Kuppisch. A família Kuppisch realmente não tinha telefone.

– Ah – disse o senhor Kuppisch, rancoroso. – Vou fazer uma petição.

– Mas cuidado, Horst, tome cuidado – disse a senhora Kuppisch.

Tio Heinz, o tio ocidental, jamais tinha ouvido coisa alguma acerca de petições.

– O que é isso, uma petição?

– Essa é a única coisa da qual os lá de cima ainda se cagam de medo! – anunciou o senhor Kuppisch e revirou os olhos como se suas petições ensinassem o que é tremer aos poderosos dentro dos palácios. – Se eu chegar ao banheiro amanhã e perceber que a água foi desligada porque eles mais uma vez tiveram de fuçar no raio dos canos, então...

– Ah, tá, uma petição é simplesmente uma queixa – falou

Micha em tom apaziguante, enquanto a senhora Kuppisch apaziguava ainda mais as coisas:

– Queixas, queixas, isso soa bem engraçado. Como se nós nos queixássemos.

– Mas claro que nós nos queixamos! – afirmou o senhor Kuppisch, teimoso.

– Não! – disse a senhora Kuppisch. – Nós sugerimos... ou nós fazemos pensar... ou nós perguntamos... ou nós pedimos para que... Mas nos queixar? Nós? Nós? Jamais!

Tio Heinz era irmão da senhora Kuppisch e também morava na Alameda do Sol – mas no trecho mais longo. Ele sabia o que devia a seus parentes, na condição de tio ocidental.

– Olhem só o que eu contrabandeei desta vez – ele sempre dizia, em voz baixa e fazendo caretas conspirativas, para cumprimentar a todos.

Tudo aquilo que Heinz trazia consigo era contrabandeado por uma questão de princípios. Ele enfiava as barras de chocolate nas meias ou socava um pacote de balas de gelatina nas cuecas. Jamais fora surpreendido. Mas a cada vez ficava banhado em suor na fronteira.

– Heinz, isso é tudo legal! – já lhe esclarecera Micha centenas de vezes. – Balas de gelatina você pode trazer!

Micha queria que Heinz pelo menos uma vez trouxesse um disco. Não precisava ser *Moscow, Moscow*, mas talvez The Doors. Para Heinz, tais ações pareciam arriscadas demais. Ele conhecia muito bem as penas reservadas aos contrabandistas.

– Vinte e cinco anos de Sibéria! Vinte e cinco anos de Sibéria por meia libra de café!

Micha sacudia a cabeça.

– Essa história eu também conheço, mas foi meio ano de Sibéria por vinte e cinco libras de café.

Até mesmo carrinhos Matchbox eram perigosos demais para Heinz.

– Ora, nesse caso me tornaria culpado de, hein, como era

mesmo o nome disso?... Enaltecimento do, hein?... inimigo da classe trabalhadora, se eu mostrar a vocês os carros que nós fabricamos! – ele exclamava. – Ou se trouxer comigo um carro da polícia pequeno e simpático, então isso seria apenas a miniaturização do problema inimigo... E eu não tenho a mínima vontade de, por causa disso, ter de derrubar árvores na Sibéria! Mas por que você continua querendo carrinhos Matchbox, nessa idade?

Sim, por que será que Micha continuava querendo carrinhos Matchbox?... Quando Heinz chegava, o senhor Kuppisch sempre passava por um sufoco com a mesa de abrir. Ele jamais dava conta da peça. Mesmo assim, não cansava de ressaltar que uma mesa de abrir como aquela era algo bem prático. Também a manivela que regulava a altura o senhor Kuppisch achava bem prática. Ele pensava também que bicicletas dobráveis eram bem práticas, assim como escovas de dentes conversíveis. Cada invenção defeituosa que prometia economia de espaço, e que além disso era horrível, recebia do senhor Kuppisch o atestado de ser "bem prática". O otimismo com o qual ele manejava todos os seus objetos bem práticos já tinha algo de fanatismo.

– Ah, é um-dois-três e a coisa está montada! – ele dizia sempre.

Mas jamais era um-dois-três.

Quando Heinz havia tomado seu lugar na poltrona gigantesca da sala apertada e fazia seu olhar passear em volta, ele suspirava sempre:

– Isto aqui é a mais pura cela no corredor da morte! – Há anos ele descobrira asbesto atrás da calefação, e na época havia exclamado:

– Asbesto, vocês têm asbesto! Isso dá câncer nos pulmões!

O senhor Kuppisch, que nunca havia escutado a palavra asbesto, exclamara:

– Vou fazer uma petição!

A senhora Kuppisch exclamara:

– Mas cuidado, Horst, com cuidado!

O senhor Kuppisch, como sempre, não fez petição nenhuma, e o asbesto caía sempre no esquecimento, ainda que Heinz, sempre que vinha de visita, lembrasse dele, suspiroso:

– Isto aqui parece uma cela no corredor da morte!

Então Micha sempre comparava seus pais involuntariamente com os Rosenberg em Sing-Sing, e às vezes inclusive chegava a tentar imaginar o que seus pais fariam caso de fato estivessem em uma cela no corredor da morte. (Seu pai provavelmente ainda exclamaria, mesmo na cadeira elétrica: "Vou fazer uma petição! É que sou inocente!".)

Certa vez, quando Heinz contrabandeou para a senhora Kuppisch sapatos que estavam cheios de folhas de jornal, o senhor Kuppisch alisara curioso as páginas emboladas do *Bild*, começando a lê-las, e logo empalideceu.

– Aqui – ele disse, e apontou para um título em letras garrafais.

DEPOIS DE 15 ANOS, TODOS MORTOS
ASBESTO-ASSASSINO DÁ CÂNCER!

– Celas no corredor da morte! – exclamou tio Heinz. – Eu bem que disse!

A senhora Kuppisch começou a calcular. O senhor Kuppisch, Micha e Sabine calcularam junto.

– Nós mudamos para cá...

– Espera um pouco...

– Pois é... há quinze...

– Não, mais....

– Nada de mais! Se descontarmos as férias... – ...e o tempo que não estamos em casa... Micha, Sabine, vocês dois estiveram sempre seis horas na escola, não?

– Vamos ver, isso dá... quase quinze anos.

Quinze anos. Sobre a mesa estava, amassado, o jornal *Bild*, no qual estava escrito em letras bem grandes que o asbesto-assassino traz consigo o câncer fatal depois de quinze anos.

– Vou fazer uma petição – disse o senhor Kuppisch com voz tênue.

– Mas cuidado, Horst, com cuidado! Não escreva de onde você tirou isso.

– Aliás, você pensa que eles deixarão Micha estudar em Moscou se nós vivermos nos queixando?

– Ele quer estudar em Moscou? – perguntou Heinz enfurecido. – Ora, ele tem de ir para Harvard, para a Sorbonne de Oxford! Para ir à Rússia é preciso pelo menos uma metralhadora debaixo do braço ou uma bala na perna.

– Heinz, não na frente do garoto! – sibilou a senhora Kuppisch.

– Micha não queria estudar em Moscou, não necessariamente em Moscou; a mãe é que havia decidido a questão por ele. Era ela a responsável por tais decisões. Para estudar em Moscou, Micha teria de freqüentar uma turma preparatória em uma escola especial, que se chamava "Mosteiro Vermelho". E para chegar ao Mosteiro Vermelho ele tinha de ser excelente sob todos os aspectos. Tinha de ter notas excelentes, um objetivo profissional excelente e uma postura política excelente, um comportamento excelente, mostrar dedicação excelente, circular com amigos excelentes e ser de uma família igualmente excelente.

– Nós temos de preservar todos uma fama im-pe-cá-vel – dizia a senhora Kuppisch, que sabia do que estava falando. – Horst! Você não vai mais ler o *Berliner* mas sim o *ND*.

– O quê, o *ND*? Mas ele é tão grande!

– Justamente! Então todos poderão ver que você o lê!

– Não, apertado como tudo é aqui... Me diga, como é que vou poder abrir o *ND*?

– Então se sente à janela, aí todo mundo poderá enxergar você. Se a Stasi for até nossos vizinhos e perguntar por nós, eles poderão dizer que nós lemos o *ND*. E então tudo estará em ordem e Micha pode ir ao Mosteiro Vermelho e estudar em Moscou.

– A Stasi não vem até nossos vizinhos, porque nossos vizinhos são a Stasi! – afirmou o senhor Kuppisch.

– Sim, sim, você sabe de tudo mais uma vez – replicou a senhora Kuppisch.

– Mas é claro que sei! E sei pois vi que o Wartburg[7] deles foi consertado em uma semana. E aí? Vocês podem me esclarecer isso?

Certa vez, nas escadarias, Micha chegou a perguntar diretamente a seu vizinho onde ele trabalhava. O vizinho olhou para Micha e lhe deu a sensação de ter feito uma pergunta indiscreta. Micha se fez de inocente, justificando-se:

– Só estou perguntando por causa da decisão em relação à minha profissão. Se alguém sai de casa apenas às oito e meia e sua mulher fica em casa o dia inteiro... O senhor me entende? Dormir bastante e mesmo assim ganhar o suficiente para dois... Uma coisa dessas me interessa!

Ele naturalmente não obteve resposta. Micha de fato não sabia o que queria ser. Quando perambulava pelo parque, ele ouvia Óculos e Mario discutirem sobre seu novo tema predileto. Óculos havia percebido que, segundo o que tudo indicava, não existia nenhuma faculdade apolítica... E para que valeria a pena fazer a prova de conclusão do ensino médio se não existia uma faculdade apolítica? Mario:

– E que tal arquitetura?

Óculos:

– Para construir casas cujo aspecto seja exatamente como o SED quer?

Óculos sabia que nem mesmo a Faculdade de Pré-História e História Antiga era apolítica: nela também se aprende apenas como todos já naquela época ansiavam pelo SED.

---

7. O carro mais nobre que o Trabant, fabricado na Alemanha Oriental. (N. do T.)

Mas essas discussões quase sempre acabavam quando um ônibus de turistas passava a fronteira vindo em direção ao leste. Então Mario e Micha corriam para o ônibus, estendiam as mãos mendigando, arregalavam os olhos e gritavam:

– Fome! Fome!

Os turistas ficavam chocados com a situação que imperava atrás da cortina de ferro e batiam fotos, e, quando o ônibus havia desaparecido, Mario e Micha quase morriam de rir e imaginavam como suas fotos seriam mostradas a todo mundo em Pittsburg, Osaka ou Barcelona. Os outros da turma do parque não tinham vontade de participar. Mario e Micha, ao contrário, ficavam cada vez mais exagerados e teatrais em suas apresentações... Eles se retorciam, fuçavam desesperados nos latões de lixo, imitavam desmaios ou brigavam por uma folha de alface caída em frente a uma quitanda. Naturalmente eles tinham a esperança de ser vistos por Miriam em seu show da *Fome! Fome!*, a fim de levá-la ao riso ou talvez acordar nela alguma admiração; mas Miriam jamais estava por perto quando um ônibus de turistas passava a fronteira.

O trio da escola de dança

Desde a promessa do beijo, Micha havia encontrado Miriam apenas uma vez. Eles desceram juntos um trecho da rua, e Micha não sabia sobre o que falar. Ele pensou no asbesto e ao final das contas disse apenas:

– Eu não tenho mais muito tempo de vida.

E quando eles se despediram, ele se limitou a dizer:

– Tchau.

Por um Monteverdi Hai de cor alaranjada, Micha havia recebido do irmão menor de Miriam a informação de que Miriam havia se inscrito na escola de dança. E ele foi tão descuidado a ponto de anunciá-lo no parque... O resultado foi que Mario, Óculos e o Gordo também se inscreveram na escola de dança. Micha não queria fazê-lo, porque não sabia dançar. Mario observou:

– Justamente por isso! Ninguém na escola de dança sabe dançar!

Micha naturalmente não queria ficar perambulando pelo parque enquanto os outros freqüentavam a escola de dança com Miriam. Mas não foi capaz de se inscrever na escola de dança. Muito embora tivesse ido até lá e visto em uma placa que a professora de dança se chamava senhora Schlooth... ele não chegou a se inscrever. Mas quando percebeu que através das vidraças de um prédio em frente podia ver o que acontecia dentro da escola de dança, ele se escondeu e observou em segredo o que acontecia no salão. Micha viu, em duas filas de cadeiras dispostas uma em frente à outra, cerca de vinte senhores bem penteados sentados em frente a um número exatamente igual de mulheres bem arrumadas. No meio, a pista de dança com a professora de dança que erguia garfo e faca, esclarecendo. Micha entendeu que na escola de dança não era ensinado apenas a dançar, mas inclusive boas maneiras. Micha não achava que tivesse maus modos, pois, por exemplo, sempre lavava as mãos antes de se sentar à mesa e não limpava o nariz na manga da camisa. Senhora Schlooth, a professora de dança, era uma loira oxigenada, uma dama nitidamente acima do peso, sobre saltos altos e finos, assistida por dois dançarinos de competição jovens, vestindo macacões colados ao corpo. Micha jamais reconhecia uma bicha; ainda que sempre houvesse alguém que dissesse que este ou aquele era bicha. Mas quando viu os dois dançarinos, imediatamente conseguiu elaborar para si uma imagem do que significava ser bicha – ele até mesmo os batizou de *mariquinhas dançarinos de competição*.

A senhora Schlooth demonstrou uma nova dança, na qual ela fazia alternadamente alguns passos com um e com outro dos mariquinhas dançarinos de competição. E nisso ficou claro que a senhora Schlooth conseguia movimentar com jeito sua massa nada desprezível sobre os saltos altos e finos. Enquanto ela esclarecia com precisão a nova dança nos braços de um dos mariquinhas dançarinos de competição, Micha observava também o mariquinha dançarino de competição que ficara abandonado ao lado deles, à parte, e que olhava como se exercitar um olhar cheio de ciúmes também fizesse parte da aula de dança.

Quando a demonstração foi encerrada, um dos mariquinhas dançarinos de competição foi até um púlpito atrás do qual se encontrava preparada uma pilha de discos e pôs um novo disco no prato. Em seguida todos tomaram posição. Os senhores tiveram de se levantar e convidar as damas. Naquele momento ficou claro para Micha que a escola de dança significava também que ele estaria próximo, bem próximo de Miriam e que se ele ficasse com os dedos frios, mãos molhadas, mau-hálito ou axilas suadas isso não poderia ser escondido.

Enquanto os alunos passavam a exercitar a nova dança, coisa que era tão ridícula quanto Micha havia imaginado, a senhora Schlooth corrigia os pares individualmente. Os mariquinhas dançarinos de competição às vezes separavam um par e seguiam dançando cada um com um dos parceiros, numa espécie de demonstração. Isso significava que um dos vinte senhores estava sempre dançando com um dos mariquinhas dançarinos de competição. E isso era um desaforo e tanto, achava Micha.

Aliás, os pares separados não dançavam nem um pingo melhor depois de serem juntados de novo. Isso Micha conseguia entender muito bem: também ele, caso tivesse de dançar com um homem, não aprenderia nada, tanta seria a falta de descontração.

A senhora Schlooth fazia com que os pares mudassem a cada música, de modo que os senhores passavam a dançar sempre com a dama seguinte da fileira. E assim cada um dos alunos de dança tinha, a cada hora de dança, doze pares de dança diferentes – os mariquinhas dançarinos de competição inclusive. Quando a aula chegou ao final, e Micha viu os alunos se despedindo uns dos outros na rua e se dispersando, ele pensou que talvez aulas de dança no fundo não fossem tão ruins assim... E se inscreveu.

No começo foi bem pior do que ele havia pensado. Por ordens da senhora Kuppisch, Micha vestiu suas melhores roupas para a aula de dança. A única roupa boa que Micha possuía era o terno que usara na solenidade de iniciação na juventude.

Contudo, Micha havia crescido dez centímetros em um ano, e ao seu terno pequeno demais eram dedicados, a cada vez, apupos especiais vindos da torre de controle. O ABV, que desde a degradação por causa de *Moscow, Moscow* acertava contas com Micha, verificava seus documentos justamente nas proximidades da torre de controle, o que tornava as coisas ainda piores para Micha; o controle de identidade era acompanhado por aplausos e comentários como "Muito bem, senhor guarda, isso daí não pode ser permitido!" ou "Levar preso! Levar preso! Isso é um crime e tanto!" ou "Prender! Interrogar! Torturar!". E isso acontecia antes de cada aula de dança.

Para Micha, aqueles foram tempos difíceis.

Na escola de dança, os senhores ficavam sentados em frente às damas, e naturalmente Miriam era fisgada por todos os homens com os olhos cobiçosos. Tudo era mais ou menos como Micha havia esperado que fosse. Quando a senhora Schlooth mostrou os primeiros passos de dança, Micha mais uma vez ficou impressionado com a elegância dela... A gorda dama parecia flutuar como se não pesasse absolutamente nada.

Então chegou o momento do vale-tudo. A senhora Schlooth anunciou:

– Pois bem, agora os senhores se levantam e com passos elegantes se aproximam de uma dama, a fim de, com um aceno de cabeça, convidá-la para a dança.

Nesse instante algumas coisas ficaram claras à senhora Schlooth. Pois quando Micha se inscrevera para a aula de dança, a senhora Schlooth ainda se mostrara bastante admirada pelo fato de que "Desta vez não temos nenhum problema de par", conforme ela se exprimira. Na maior parte das vezes havia bem mais damas do que senhores interessados em aulas de dança. Às vezes, esse problema era tão grave que uma dama era admitida apenas ao trazer junto um senhor. Ou os senhores eram dispensados de pagar as taxas de inscrição – mas apenas no caso de terem participado do curso uma vez e quererem voltar a repetir tudo. Mas no curso de Micha não existia nenhum problema de par – pelo menos não o problema mais comum. Quando a senhora Schlooth convidou os senhores a pedirem a primeira dança às damas, ela entendeu por quê. Pois o convite significou o mesmo que o comando para o assalto a Miriam. Toda a linha dos homens convergiu a um ponto. Houve cotovelaços e tombos. Micha foi o primeiro a chegar junto de Miriam. Ele foi o primeiro a conseguir deitar seu braço em volta dos quadris dela, a tomar sua mão e a olhar em seus olhos. Micha jamais teria acreditado que o fato de simplesmente segurá-la poderia fazê-lo tão feliz. Ele sentiu seu corpo macio, sua respiração regular e o perfume de seus cabelos. Mas então começou a dança, e o romantismo acabou. Micha não tinha a menor noção da coisa. Constantemente pisava nos pés de Miriam, que, depois de apenas dois minutos, desejava se livrar dele. E seu desejo foi realizado: Micha, respeitando o costume, teve de passar Miriam adiante depois da dança. O par seguinte de Miriam era Mario. E ele tampouco era melhor. E assim a coisa prosseguia – todos queriam dançar com Miriam, mas cada um deles pisava nos seus pés.

As aulas de dança assumiam sempre a mesma rotina, semana a semana: tudo começava com um grande esparramo em busca de Miriam, e então os pares eram mudados seguindo a ordem. Antes do início da aula de dança, havia inclusive um esparramo pelo lugar que ficava exatamente em frente a Miriam, pois de lá o caminho era mais curto. Até que Micha revolucionou a seqüência, e em cada aula de dança passou a garantir para si a última dança com Miriam. Micha foi suficientemente inteligente a ponto de manter em segredo sua nova tática – e sobretudo como fazia para que a cada vez desse certo e ele fosse contemplado com a última dança. Micha se lembrou de quando observara o grupo das escadarias do prédio em frente e vira que para cada aula de dança havia uma pilha de discos já preparada. Portanto, ele precisava apenas contar os discos antes do início da aula de dança para descobrir quantas músicas seriam tocadas – e então, começando com Miriam, contar as cadeiras com as damas e descobrir com qual delas ele tinha de começar a fim de ter o direito à última dança com Miriam. Enquanto cerca de vinte senhores brigavam por Miriam, Micha seguia, medindo os próprios passos, até a dama com a qual teria de principiar a aula de dança. Quando treinavam com nove músicas de foxtrote, Micha podia arriscar tudo em termos de dança com oito parceiras... Ele pouco se importava em maltratá-las, em pisar nos pés delas ou até mesmo derrubá-las. Sempre que no meio da dança o estrondo e o barulho eram grandes, todos sabiam que mais uma vez a parceira de Micha acabara de ir ao chão. Só judô era pior. Em pouco tempo, Micha era dono de uma fama terrível; às suas costas sibilava o apelido de "violador de mocinhas". Suas parceiras de dança mostravam umas às outras as escoriações que Micha havia lhes causado. Micha as contemplava como material de treinamento.

– Quem vai a uma escola de dança, tem de saber com que está se metendo – ele dizia.

Apenas quando chegava à última dança, com Miriam, Micha queria mostrar que era bom. E de fato conseguia. Talvez também porque Micha foi o único entre os senhores que superou o horror diante dos mariquinhas dançarinos de competição e pôde tirar algum proveito das danças com eles.

Por fim, Miriam coroou Micha como o melhor entre todos os dançarinos. Depois da última aula de dança, uma aula de tango, ela lhe perguntou se não gostaria de tê-la ao seu lado no baile de formatura. E tinha sido exatamente aquilo que Micha havia planejado.

Em meio à alegria com seu calculismo exitoso, ele havia esquecido, no entanto, que, no decorrer das semanas, em quatro dias começara dançando quatro vezes com o Canhão, e isso na aula de valsa, na de *boogie-woogie*, na de *charleston* e na de rumba. O Canhão acreditou, então, que ela era a eleita de Micha, e que este apenas não podia mostrá-lo assim às claras.

Quando faltam cinqüenta oestes

Carapinha não tinha se inscrito na escola de dança. Aquilo não despertava nele o menor interesse. Carapinha também não se interessava por qualquer outra coisa que não fosse música. E por música ele só se interessava quando ela era dos Rolling Stones. Enquanto os outros iam do parque à escola de dança, ele tentava arranjar de algum jeito *Exile on Main Street*, o álbum duplo de 72 dos Rolling Stones. Ele queria apenas gravá-lo, mas de uma gravação de altíssima qualidade, inglesa, portanto nada da merda iugoslava e muito menos uma gravação indiana. Diziam que existia um sujeito, Franki, que tinha todos os discos dos Rolling Stones. Diziam também que se Franki não estava no xilindró por lesões corporais, então estava em casa ouvindo os Stones a todo volume. Carapinha foi até Franki... E de fato, antes mesmo de adentrar o pátio, ele já ouvia *Point It Black*. Embora a peça não fosse de *Exile*, era quase. Carapinha subiu as escadas e estava diante da porta de um apartamento atrás da qual sem a menor dúvida se ouvia o som dos Stones. Carapinha tocou a campainha e bateu... Franki não abriu enquanto *Brown Sugar, Gimmie Shelter, Have You Seen Your Mother Baby* e *Honky Tonk Woman* reboavam. Carapinha tentou esquecer o perfil criminal de Franki e bateu na porta com toda a força – primeiro com os punhos e por fim até mesmo com os pés. Em algum momento ela se abriu. Ou, melhor dizendo, foi arrancada para dentro. Um grande animal tatuado, com vários antecedentes penais, estava na soleira da porta e fixava os olhos em Carapinha. Carapinha perguntou, valente, pelo *Exile*. O animal tatuado contemplou-o com o lábio inferior caído, Carapinha piscou de volta, apaziguador. E assim Carapinha recebeu o endereço de um hippie que morava em Strausberg e agora seria dono do *Exile*.

– Perdi o troço no jogo, num dia em que estava borracho – disse Franki em voz rouca, e Carapinha não demorou a se retirar.

Carapinha foi com sua bicicleta dobrável até Strausberg em busca do hippie. Este morava em um contêiner de construção. O contêiner estava parado entre duas árvores, entre as duas árvores havia uma rede e dentro da rede estava deitado o hippie de Strausberg. Ele ouvia música e lia um livro cujo título era *Fan Man*. Carapinha não teve coragem de entrar no contêiner, porque todo o piso dele estava coberto com capas de discos jogadas em desordem. Caminhar pelo contêiner significava pisotear discos... E isso era um sacrilégio para Carapinha.

– Bicho, mas quem é você, bicho? – perguntou o hippie de Strausberg.

– Consegui seu endereço com Franki, o tatuado – disse Carapinha.

– Sim, bicho, eu conheço Franki, bicho, o cara é de Berlim, bicho, cidade doida, bicho, com uma torre de televisão no meio. E o que te traz até mim, bicho?

– Ora, você tem o *Exile on Main Street*.

– Nada disso, bicho, não é bem assim, bicho, eu tinha ele, claro, do Franki, mas o que acontece, bicho, sabe, é que eu troquei ele por Zappa e Zeppelin. Até que não é ruim, o *Exile*, mas as coisas têm de ficar em movimento, têm de circular, assim como esse livro maravilhoso que eu recebi de mãos abençoadas, bicho, de mãos abençoadas. Sim, claro, tenho um bocado de discos, bicho, mas aqui você não vai encontrar o *Exile*.

Carapinha conseguiu descobrir pelo menos com quem o hippie havia trocado os discos:

– Pois é, bicho, com Bergmann, bicho!

E uma vez que Bergmann morava em Berlim, Carapinha pegou sua bicicleta dobrável e tratou de voltar a Berlim.

Quando o professor de educação física descobriu que Carapinha superava sem a menor dificuldade trechos bem longos com sua bicicleta dobrável, apareceu com um treinador especializado em novas gerações de esportistas. Era uma situação bem cômica: dois homens em abrigos esportivos tentavam convencer Carapinha a entrar no TSC. Carapinha se desviava, argumentando:

– Não tenho a menor ambição olímpica. Treinar não é coisa pra mim. Me interessaria no máximo pelo salto com vara.

– Como assim, salto com vara? – perguntou o treinador do TSC, admirado.

– Porque aí a gente treina a pular mais alto do que três metros e quarenta cinco – replicou Carapinha, e ninguém entendeu o que ele quis dizer com isso.

O muro tinha três metros e quarenta e cinco centímetros de altura, e Óculos havia contado que todos os esportes que podiam ser utilizados para a fuga eram proibidos: ninguém podia velejar ou surfar no mar Báltico.

Também voar de asa-delta ou *paragliding* era proibido, a fim de que ninguém tivesse a idéia de voar para o Oeste saindo de um prédio nas proximidades da fronteira. E Óculos sabia muito bem de coisas sobre as quais ninguém tinha a menor idéia, ainda que todos eles tivessem algo a ver com elas. Carapinha naturalmente não se tornou um campeão de salto com vara...

Ele inclusive desconfiava que era apenas uma questão de tempo para que o salto com vara fosse proibido. Carapinha seguiu os rastros de *Exile on Main Street*... E o álbum deveria, pelo menos fora o que dissera o hippie de Strausberg, estar nas mãos de alguém cujo nome era Bergmann.

Bergmann era um medroso; ele temia, por exemplo, buscas policiais em sua casa, e por isso havia enfiado seus discos, que ele considerava aaaaltamente perigosos, em capas insuspeitas. Um LP de Eric Burdon ele enfiou em uma capa do *Cravo bem temperado*, de Bach. Um disco de Bachmann Turner Overdrive ele disfarçou na capa de um disco de música de instrumentos de sopro. A fim de poder esconder o *Exile*, Bergmann chegou a comprar dois discos do conjunto Alexandrov, pois *Exile* era um álbum duplo e precisava de duas capas. Sua namorada ficou admirada com o fato de que de uns tempos para cá haviam passado a existir coros do exército soviético em sua coleção de discos.

E então Bergmann teve de servir no exército, onde aconteceu com ele uma desgraça atrás da outra. Primeiro uma bomba de fumaça disparou enquanto estava no sanitário. Por causa disso, teve suas férias canceladas. Em seguida, ele orientou erradamente um tanque, de modo que este, ao dar uma marcha a ré, pôs fim a um busto de Gagárin. Também por causa disso ele teve suas férias canceladas. E por fim Bergmann esqueceu sua bazuca no bar, como se fosse um guarda-chuva. E por causa disso naturalmente também teve suas férias canceladas; e ainda por cima Bergmann teve de trabalhar dez dias na construção. Em casa sua namorada já havia aberto o vinho e esperava por ele, em saias de baixo, porque estava faminta. Só que em vez de Bergmann, mais uma vez chegou apenas o mensageiro dos telegramas. E por causa disso a namorada de Bergmann ficou tão furiosa que bebeu o vinho sozinha, amaldiçoou o exército e, ainda em saias de baixo, despedaçou a golpes os dois discos do exército. E uma vez que de tanta raiva havia lágrimas em seus olhos, ela não percebeu o que havia, de fato, destruído.

As lágrimas também vieram aos olhos de Carapinha quando ficou sabendo sobre o fim do único *Exile on Main Street* que existia por perto.

As lágrimas secaram apenas quando Carapinha ouviu sobre Aresta, um traficante de discos seco como um sabugo que, segundo o que também foi dito, ficava parado sob uma ponte do bonde e vendia os discos que ele conseguia por meio de contatos obscuros de naturezas diversas. Alguns diziam que ele era membro da Stasi, outros ora diziam que ele trabalhava para três serviços secretos de uma só vez, ora que arranjava mulheres solícitas para festas de topless com diplomatas. Outros ainda afirmavam que ele simplesmente levava os funcionários de escalões inferiores das embaixadas até o mar Báltico e em troca disso recebia bugigangas ocidentais. Isso era até bem possível, uma vez que ele ficava sob a ponte apenas às terças-feiras das dezoito às dezenove horas; e quem é que quer ser levado ao mar Báltico a essa hora?

Quando Carapinha chegou à ponte à hora sabida, de fato viu um tipo delgado parado ao léu, com uma bolsa quadrada nas mãos e olhando fixamente para o ar. E ainda que o crepúsculo já escurecesse o dia, o traficante usava óculos de sol. Isso causou grande impressão em Carapinha, e assim ele procurou estudar primeiro o comportamento do outro, acompanhando o que acontecia a uma distância cheia de respeito. Um interessado tinha de primeiro fazer sua encomenda, e Aresta a recebia apenas de nariz empinado, com comentários incrivelmente arrogantes.

– Mas o que é que cê qué com Dylan? Lá do outro lado isso já é considerado tão, mas tão ultrapassado!

– Bee Gees? Gritos de eúnucos! Merda de discoteca! Coisa de maricas! Depois que o Brian Jones morreu, eu se fosse você, esqueceria dos Stones! –Aresta causava arrepios com sua arrogância, e podia se dar ao luxo de fazê-lo, pois conseguia arranjar de fato tudo o que era pedido. Quando Carapinha encomendou *Exile on Main Street* com ele, na gravação inglesa, capa ainda envolvida em plástico fechado, Aresta comentou:

– Fechada, claro! Ou você pensa que eu ainda quero ouvir esta sucata? – Três semanas mais tarde, Aresta de fato tinha um *Exile* ainda selado em sua bolsa, mas pediu trezentos marcos de Carapinha.

– O quê, trezentos marcos? – perguntou Carapinha, atônito. – Para isso tenho de trabalhar quatro semanas durante as férias.

– É o que eu espero! Se os Stones ficaram no estúdio quatro semanas para isso daí, o mínimo é que você *também* trabalhe quatro semanas!

– Mas eu não tenho trezentos marcos!

– Posso fazer por cinqüenta oestes – disse Aresta.

– Não, também não tenho cinqüenta oestes! – respondeu Carapinha.

Aresta cuspiu ar num gesto de troça e fez com que o álbum duplo ainda selado voltasse a desaparecer em sua bolsa.

– Que pena. Então lhe faltam cinqüenta oestes – comentou ele, friamente.

Carapinha engoliu em seco e prometeu voltar quando tivesse o cascalho. Acho que já naquela época Mario havia dito que Carapinha jamais ouviria seu *Exile*, pelo fato de não ser capaz de rasgar o plástico que envolveria a capa ainda fechada do original.

– Cobiçar algo é bem mais interessante do que possuí-lo. Por exemplo, mulheres – disse Mario, e todos que ouviram aquilo concordaram e pensaram, invejosos: "Cara, esse sujeito sabe tudo!".

A música era boa naquela época, bem melhor do que hoje em dia. Isso dizem todos que já na época possuíam um gravador. Na época apenas se gravava. Gravar era a palavra. Alguém tinha o disco, e então ele era gravado em fitas. Hoje em dia todo mundo usa CDs. CDs são melhores, mas discos têm muito mais charme. Quando um CD engasga, o som é brutal e nos deixa agressivos; um salto no disco, pelo contrário, tinha algo de musical e aconchegante, pelo menos depois de seis ou sete repetições. Discos tinham de ser tocados com cuidado, eles poderiam ficar arranhados, eram tão sensíveis.

Discos transmitiam à gente o sentimento de estar lidando com algo precioso.

O jeito com que Carapinha cuidava de seus discos, o fervor com que os tirava da capa, sempre os tocando apenas no meio ou nas bordas, e tocando até mesmo as capas apenas nas bordas... Óculos gravara suas próprias gravações inglesas em seu ZK 20 e sempre as ouvira apenas na fita, porque acreditava que a agulha gastava seus discos. Mario ouvia seus produtos importados apenas sozinho, a fim de que ninguém derrubasse seu toca-discos.

Quando ele entrava na sala, ele chegava a caminhar sobre a ponta dos pés, porque tinha medo que a agulha pulasse e partisse o disco. Mas para ouvir as gravações sempre encontrava-se alguém. Então eles se sentavam juntos, a fim de ouvir um, dois, três ou até mesmo mais discos. Nem precisavam se conhecer muito bem, bastava que todos gostassem da mesma música. Eles podiam falar ou ouvir a música e tinham todo o tempo do mundo. Eles sentiam o que significava virar homem, e a música que soava ao fundo era sempre forte.

Argila ou massa de modelar, eis, aqui, a questão

Micha não tinha nenhum disco ocidental... apesar do tio ocidental. Discos não podiam ser contrabandeados dentro das cuecas, e tio Heinz estava longe de ser um sujeito para aventuras que envolvessem fundos falsos. Bastava que o policial da fronteira folheasse seu passaporte mais detalhadamente – e Heinz já se arrependia de voltar a correr esse risco amaldiçoadamente grande de ser pego por causa de seus pobres parentes. Certa vez, quando o policial da fronteira abanou triunfante o passaporte, o coração de Heinz quase parou.

– O senhor sabe o que eu acho? – disse o policial da fronteira, ao ver os diversos carimbos de entrada. – O senhor sabe o que eu acho? De alguém que vem tantas vezes quanto o senhor, o senhor sabe o que eu acho?

Heinz tinha uma batata na garganta e apenas conseguiu sacudir a cabeça, mudo. Ele temia ser surpreendido com um pacote de bolachas, que ele dessa vez colara com fita adesiva na panturrilha. O policial conduziu-o para dentro do barracão aduaneiro e Heinz soube: é o fim de tudo. De agora em diante apenas veria o sol nascendo quadrado. Ele inclusive já estendia as mãos à frente para receber as algemas. Melhor confessar tudo logo.

– Alguém que vem tantas vezes como o senhor – disse o policial e baixou confidencialmente a cabeça – com certeza é um amigo do sistema que vigora por aqui!

Por segurança, Heinz concordou com um gesto de cabeça. O policial sussurrou com olhos expressivos:

– Vou mostrar algo ao senhor. Mas... pssst!

Ele levantou um lençol e imediatamente apareceu um aparelho estéreo japonês de quatro componentes que havia sido confiscado, com caixas de som multidirecionais, uma banda de freqüência imensa para gravar estações de rádio, AFC, botões separados para regular agudos e graves, equipagem manual para todos os canais, comutador para escolher entre mono e estéreo, comutador para escolher entre ferro e cromo, todo o tipo de teclas de função e localização do trecho desejado e até mesmo quatro comutadores para ligar e desligar. Com um gesto triunfante, o policial da fronteira se levantou ao lado do aparelho e perguntou orgulhoso:

– Que tal?

Heinz mais uma vez não sabia o que dizer àquilo, coisa que também não era esperada.

– O senhor olhe só isso! – disse o policial. – Ora, é complicado demais! E uma coisa dessas eles fabricam lá do outro lado. Mas nós...

E eis que agora o policial da fronteira apresentava o aparelho de rádio "Fichtelberg", que assumia uma existência singela ao lado de algumas plantas mirradas em potes de barro. O "Fichtelberg" tinha quatro botões – três grandes e um pequeno, uma banda de freqüência e um alto-falante.

– Isso aqui é que é algo! – disse o policial, orgulhoso. – Com isso aqueles que trabalham conseguem lidar, isso eu digo ao senhor. Aqui: um botão para ligar e desligar *e* para regular o volume; a mais severa economia de material, portanto! E o alto-falante é embutido, não como aquele dali. Aquele nem pode ser ouvido sem o alto-falante extra! E eles custam mais e ainda precisam de um lugar especial!

Heinz, que há um minuto ainda se via desaparecendo na Sibéria, pressentiu que se tratava de um mal-entendido, mas de um mal-entendido a seu favor: ele, na condição de suposto venerador da RDA, tinha de ser posto ao corrente das mais novas conquistas. E ele se perguntou se a família Kuppisch algum dia havia conseguido avaliar o que significava para ele passar a fronteira tantas vezes, com presentes proibidos, que ele fixava a seu corpo em preparativos minuciosos. Em lugares escondidos sobre os quais pensava ao longo de semanas. Jamais algum dos Kuppisch haveria de conhecer a sensação que tomava conta de um tio Heinz quando este estava diante de um policial de fronteira da RDA. Heinz naturalmente jamais quereria trocar de lugar com os Kuppisch e sua vida na zona oriental – mas que estes não tivessem nenhuma noção daquilo que ele passava a cada vez que cruzava a fronteira, isso Heinz achava injusto.

O policial não parava de elogiar as vantagens do rádio "Fichtelberg", mas Heinz queria apenas sair rapidamente daquele barracão quente demais, onde uma das lajes do teto já estava rachada, deixando o asbesto cair lentamente.

– Isso daí dá câncer – disse Heinz, e o policial da fronteira simplesmente se mostrou mais bem-humorado ainda.

– Sim, são esses os problemas que os do Oeste têm – ele disse e abriu uma boca onde parecia que os estudantes do curso de estomatologia haviam exercitado a obturação com chumbo.

– Hóia hó ahí! Hos do hoehte ahreditam he diho he hanha hâncer.[8]

Ele entregou o passaporte a Heinz e bateu no ombro deste animadíssimo:

– Mas eu jamais tive câncer. E enquanto construímos o socialismo, os de vocês se preocupam com câncer, ou constroem rádios que nenhum homem consegue operar. Rá, rá, rá, eles não têm ninhuma chanche!

Heinz aquiesceu e pensou em se despedir com o sinal do punho erguido e pronto ao combate, mas deixou de fazê-lo, porque isso talvez fosse entendido como uma ameaça. Por que os comunistas sempre se cumprimentavam de punhos erguidos, Heinz jamais havia compreendido.

Heinz o teria perguntado ao atual fiador partidário de Sabine, mas este já não era mais atual. O atual atual de Sabine

8. Fanho, o policial. O "h" deve ser pronunciado aspirado... (N. do T.)

trabalhava no teatro e era um operário de palco com ambições. Ele queria se tornar diretor. Ainda que faltasse muito para isso, ele já falava de "meus atores" e do fato de os atores serem argila nas mãos do diretor. O senhor Kuppisch perguntava:

– Como assim, argila? Por que não *massa de modelar*?

Quando Heinz subiu cautelosamente as escadarias com seu pacote de bolachas nas pernas das calças, ele ouviu Sabine declamar o verso "...em pensamentos assassinos e me arranca o ser aqui...", de *Macbeth*. Ela já estava trabalhando há vinte minutos nesse verso, mas uma vez que estava sentada na banheira, sua expressão acabava sucumbindo sempre a uma quebra de ritmo contextual.

Quando Heinz estava de visita na família de sua irmã, quase sempre acontecia alguma coisa que o deixava chocado. Desta vez ele ficou paralisado ao cumprimentar sua irmã. A senhora Kuppisch se arrumava diante do espelho, mas parecia vinte anos mais velha de uma hora para a outra. O senhor Kuppisch, que mais uma vez estava às voltas com a mesa de abrir, comentou, furioso:

– Todas as mulheres fazem alguma coisa para parecerem mais novas, apenas a minha faz questão de parecer mais velha!

Quando Heinz voltou a se conter, ele apontou para o asbesto-assassino atrás da calefação e respondeu ao senhor Kuppisch:

– Fique feliz por estar ao lado dela como ela está, pois ela jamais chegará a ser tão velha quanto parece, e, mesmo que isso acontecesse, você não estaria mais ao lado dela!

A senhora Kuppisch não conseguia suportar, de modo nenhum, esse tema.

– Heinz, agora chega, isso vai acabar deixando o Mischa maluco.

Micha protestou:

– Mãe, por que você não pára de me chamar de *Mischa*? Meu nome é Micha!

– Ora, isso não faz mal. Mischa é russo e você quer estudar na União Soviética!

– Mas nem por isso você precisa ficar me chamando de Mischa! Eu também não fico dizendo mamutschka.

– Como assim? Não vejo mal nenhum em que todos pensem que nós somos amigos da União Soviética – disse a senhora Kuppisch.

– Mesmo assim! Mischa não! Isso soa como...

– Como ajudante de pedreiro – disse Heinz.

Sabine interrompeu seu ensaio de *Macbeth* e gritou do banheiro.

– Chame-o de Miiiiiischia, com a allllma rrrruuusssia – ela gritou, com o sotaque russo tão carregado quando pôde. – Assim como Puuuuuchkiiin. Ou Tchieeekhov.

– Ras, dwa, tri... russos nós jamais seremos aqui! – gritou Heinz de volta ao banheiro.

– Heinz! Não na frente do garoto!

– Ah, e por que não? – disse Heinz. – E se vocês, sob o poder dos Ivans, Igors e Bóris, sequer têm telefone, não poderiam nem pensar em mandá-lo à Rússia! Como é que ele poderá telefonar a vocês quando estiver cercado de lobos em sua cabana de troncos?

Sabine veio com seu operário de palco do banheiro, secou os cabelos e agarrou a deixa que ainda conseguira ouvir:

– Telefone nós nunca vamos ganhar.

– Minha cabeleireira agora tem telefone privado porque tem açúcar no sangue – disse a senhora Kuppisch, coisa que Heinz lamentavelmente entendeu mal.

– Vocês estão precisando de *açúcar*? – ele perguntou em voz abafada. – Eu posso contrabandear um pouco para cá.

– Não, ela tem diabetes, e quando ela tem o troço da insulina ela precisa de telefone.

– Ora, então vou fazer uma petição! – esclareceu o senhor Kuppisch, pegou uma folha de papel, tirou a tampa da caneta-tinteiro... e estacou. – Mas qual é a doença que nós temos?

Micha pensou: "Todos nós temos um parafuso a menos".

– Pensemos bem – disse o senhor Kuppisch e bateu com o punho na mesa. – Será que não temos uma doença capaz de impressionar?

– Câncer nos pulmões – sugeriu Heinz.

– Ninguém aqui tem câncer nos pulmões! – disse a senhora Kuppisch, severa. – Mas eu tenho alergia a pólen.

– Só isso? – perguntou o operário de palco.

– Não, apenas uma alergia a pólen – disse a senhora Kuppisch.

– Sem chances – disse o senhor Kuppisch, triste. – *Mas não é possível que sejamos todos saudáveis!*

– É uma vergonha! – anunciou Heinz. – No mundo livre do Ocidente os alérgicos a pólen têm seu serviço telefônico próprio, e no comunismo os alérgicos a pólen não podem sequer ter um telefone.

– Que tipo de serviço é esse? – quis saber o senhor Kuppisch.

– Ora, um serviço que dá informações sobre qual o tipo de pólen que no momento voa pelos ares – esclareceu Heinz.

– Álamo ou tília... É como com o mel. Vocês conhecem apenas mel, mas nós temos mel de acácia, mel de trevo, mel do mato...

– E lá entre vocês as pessoas são alérgicas apenas a um tipo de pólen e não a outros? – perguntou o senhor Kuppisch, incrédulo, ele que jamais imaginara que o individualismo ocidental seria capaz de se expressar em tais refinamentos.

– Exatamente – confirmou Heinz.

O senhor Kuppisch ficou boquiaberto.

– Isso já diz tudo – disse ele à roda.

Então o operário de palco tomou a palavra.

– Brecht ou Heiner Müller encarariam a coisa de maneira dialética. Eles, se fossem alérgicos a pólen, fariam uma petição para exigir um serviço telefônico... mesmo que eles não tivessem um aparelho telefônico.

– Sim, e daí? – perguntou o senhor Kuppisch de mau humor. – O que Brecht lucraria com isso? Existiria um serviço telefônico, mas ele mesmo assim continuaria sem telefone. E a dialética teria ido pro brejo.

– Não de todo! – disse o operário de palco, triunfante. – Caso o serviço de pólen passasse a existir, Brecht faria mais uma petição: *Uma vez que* agora existe o serviço de pólen, ele tem de receber um telefone!

– Como assim?

– Ora, por que haveria de existir um serviço telefônico se os alérgicos a pólen não têm telefone!?

O que o operário de palco sugeria era tão brilhante que ninguém foi capaz de contradizê-lo. Por fim o senhor Kuppisch disse, resignado:

– De qualquer maneira, só ganha telefone quem trabalha para a Stasi.

Enquanto os vizinhos da Stasi causavam aborrecimentos ao senhor Kuppisch, a senhora Kuppisch gostava de aparecer para eles... Sempre no papel da mãe de família fiel à causa. Ela por exemplo assinava de fato o *ND*, mas não a fim de lê-lo todas as manhãs, e sim para que ele fosse visto todas as manhãs pelo buraco da caixa do correio. Ela enfiava tanto papel de empacotar na caixa de correio que o *ND* não cabia mais todo ele lá dentro. E todos os que passavam pela caixa de correio obrigatoriamente viam que os Kuppisch liam o *ND*.

Quando mais uma vez todos aguardavam um festival da juventude, a senhora Kuppisch havia interceptado seu vizinho da Stasi nas escadarias, de tal maneira que ficou parecendo um encontro casual.

– Que bom que encontrei o senhor – chamou a senhora Kuppisch. – Será que o senhor podia nos emprestar dois colchões de ar para alojarmos convidados, agora que estamos todos à espera do festival da juventude?

As palavras-chave *alojar* e *festival da juventude* ainda saíram aos solavancos; o engajamento da senhora Kuppisch pela grande causa comum não tinha antecedentes. Já as palavras *colchão de ar* ela falou de modo tão liso e lapidado (cochãdar), que qualquer ouvinte atento era capaz de adivinhar: a senhora Kuppisch é íntima dos utensílios da alegria do banho. Isso chamou a atenção até mesmo da senhora Kuppisch, de modo que ela tentou mais uma vez:

– Um festival da juventude é coisa das mais interessantes – exclamou a senhora Kuppisch, enquanto seu vizinho, sem fazer qualquer comentário, se punha ao trabalho de procurar os dois colchões de ar. – Sobretudo para os jovens! Pra isso a gente tem de fazer questão de se juntar mais um pouco em um apartamento já apertado, não é verdade?

A senhora Kuppisch pensou: "Sim, sim, pode contar para todos sobre como nós somos uma família socialista". E disse em voz alta:

– Nossos alojados com certeza vão se sentir bem entre nós!

Enquanto a senhora Kuppisch formava novas frases com as palavras *festival da juventude* e *alojar*, Micha e Mario vinham subindo pelas escadas. A senhora Kuppisch cumprimentou o filho a fim de que o vizinho da Stasi também pudesse ouvir:

– Mischa! Que bom que você chegou, a comida já está pronta; solianka,[9] teu prato predileto.

– Solianka? – perguntou Mario de pronto, e seus olhos arderam de tanta fúria.

Micha se sentia desnudado pela própria mãe, uma vez que ele não era Mischa o amante-de-solianka, muito menos diante de Mario.

– Primeiro o Mosteiro Vermelho e agora você lambe os beiços por causa da lavagem dos russos. Você vai acabar se tornando um perfeito cuzão vermelho russo!

Mario estava inacreditavelmente irritadiço naqueles dias.

---

9. Ensopado russo conhecidíssimo. (N. do T.)

Ele tivera de se separar de seus longos cabelos. Havia feito milhares de promessas de jamais deixar que isso acontecesse para então acabar por fazê-lo. E isso nem mesmo acontecera sob pressão pública. Mario havia cortado os cabelos porque quem faria com ele a prova da carteira de motorista para a mobilete era o famoso examinador cujo orgulho consistia em fazer com que todos, absolutamente todos aqueles que tivessem cabelos compridos, rodassem. Seus métodos não eram desprovidos de maldade. Não titubeava em desconectar às escondidas, antes do início da prova, a luz do freio, fazendo com que o examinado de cabelos compridos rodasse por não ter, antes de começar a rodar, verificado se a situação geral do automóvel estava de fato em ordem. Mario já havia rodado uma vez; ele fora mandado com um bico de gasolina fechado para a prova e depois de apenas alguns metros o motor apagara em um cruzamento. Quando Mario ficou sabendo que também a sua nova prova seria feita com o famoso examinador, dez minutos antes da prova colocou o capacete sobre a cabeça em um corredor escuro e cortou todos os cabelos que brotavam para fora dele. Ele passou, mas em termos de penteado ficou na lanterna por algum tempo, e ao encontrar nas escadarias a senhora Kuppisch, que chamava Mischa para a solianka, ela o reconheceu tão pouco como ele a ela. A senhora Kuppisch continuava parecendo que havia envelhecido vinte anos.

E quando Heinz fez sua próxima visita, também ele não podia mais ser reconhecido: no decurso de cinco semanas ele havia emagrecido de oitenta e três para sessenta e cinco quilos. Não havia comido nada, "menos do que nos campos da Sibéria!", conforme anunciara, e fizera levantamento de peso diariamente.

– Suei mais do que quebrando pedras na Sibéria! – Heinz se tornara tão leve que até mesmo as molas da poltrona soaram diferente quando ele ocupou seu lugar.

– Heinz, seu cabide esfomeado, venha, sente-se à mesa – disse a senhora Kuppisch, preocupada, e expulsou o senhor Kuppisch, que de novo tentava se fazer útil, às voltas com a mesa de abrir.

– Heinz, será que você tem uma solitária? – perguntou Micha, assustado ao ver o tio.

– Nada disso – disse Heinz, começando a tirar a roupa. – Olhem só o que eu contrabandeei!

Debaixo de seu terno, que caía frouxamente sobre seu corpo, ele usava ainda um segundo terno, que servia como uma luva.

– Esse é pra ti! – disse Heinz a Micha, em festa. – Para que você consiga se arranjar na escola de dança! E agora vou encher meu bucho na casa de vocês, é claro! – E sua gargalhada ecoava. – Vista-o, que eu quero ver se ele serve! – exclamou Heinz de boca cheia. – Micha, será que você consegue imaginar... quantas vezes durante as últimas semanas eu me perguntei... quando eu finalmente poderia encher o bucho de novo... assim que eu tivesse contrabandeado teu terno para cá!?

Micha confirmou com um aceno de cabeça. Não teve coragem de dizer a Heinz que era absolutamente legal trazer um terno. Mesmo mais tarde, quando Heinz há tempos já voltara a seus oitenta e três quilos e voltara a servir no terno, Micha jamais esqueceu de louvar seu tio ocidental pelo lendário contrabando do terno.

De modo que no baile de formatura Micha não apenas teve a parceira mais bonita, mas também o terno mais bonito. O terno era um modelo tão fantástico que nem mesmo da torre de controle fizeram troça quando Micha saiu de casa para o baile de formatura.

Miriam usava um vestido de festa de seda azul-escura, e também Mario, Óculos e o Gordo estavam tão bem vestidos como há tempos não se via e como não voltariam a estar por muito tempo depois do baile. Eles haviam até engraxado os sapatos. E assim, mais uma vez, rodopiaram sobre o parquê oitenta sapatos engraxados, e além deles os sapatos da senhora

Schlooth e dos dois mariquinhas dançarinos de competição. Mas Micha e Miriam formavam *o* par. Micha também era o melhor dançarino. Ele conduziu Miriam soberanamente pelo parquê em todas as danças e sentia como ela se entregava a ele cada vez mais... porque ela se sentia segura junto dele. Era a primeira vez que se elevava dentro dele uma noção do que *também* significa ser um homem; e Micha passou a confiar em si e no fato de poder estar aí, na condição de *homem*, para uma mulher. Micha, que sempre olhara timidamente para aquilo que estava à sua volta, se sentiu sugado pelos olhos de Miriam naquela noite... Era uma verdadeira descoberta para ele o que podia ser experimentado tão-só através do olhar.

Miriam se deleitava em olhar nos olhos de Micha e fazer com que ele não percebesse nada a não ser ela. Assim, também, ele não ouviu o ronco de uma AWO que encostava lá fora, diante do salão de baile. Justamente durante o tango, a dança que Micha conhecia melhor. Sob o ritmo duro da famosa *La cumparsita*, o motor de uma AWO roncava calmo e ininterruptamente em ponto morto. E quando a música acabou, Miriam se despediu de Micha.

– É no auge que a gente deve parar – ela disse, apenas, deixando-o em pé no meio do salão.

Todos vêem o que acontece e ninguém quer estar na pele de Micha naquele momento. Até há pouco ele ainda era o príncipe da noite. Quando Micha se recompôs, correu para a estrada e gritou atrás dela:

– Não, quando a gente está no auge também pode continuar!

Mas ela já andava longe, abraçada firmemente ao dono da AWO. Por causa de seu vestido de festa, ela estava sentada no assento das damas. E sequer percebeu que Micha havia gritado algo a ela.

Quando Micha voltou ao salão de baile, um homem derrotado, todos estavam parados e fixaram os olhos nele. Principiou o som de uma valsa, e o Canhão passou a calcular que tinha alguma chance. Mas Micha agarrou um dos dois mariquinhas dançarinos de competição e dançou a valsa com ele. Apenas uma volta, e em seguida ele deixou o mariquinha dançarino de competição em pé no meio do salão e se foi. Alguns acreditaram tê-lo visto chorando, outros disseram que ele estava vermelho e tremendo. Mas a valsa foi impecável. Aliás, foi Micha quem conduziu, tão bom dançarino havia se tornado.

Alguns dias mais tarde, Micha encontrou uma carta na caixa de correio, sem nome, sem remetente, mas fechada com um coraçãozinho vermelho. Micha arrancou imediatamente a carta de dentro do envelope e saiu de casa, onde ele deu um encontrão no ABV. A carta caiu das mãos de Micha, e como era um dia de vento, ela voou para longe. Micha quis correr atrás da carta, mas o ABV agarrou Micha pela gola e insistiu em fazer o controle. A carta simplesmente foi levada embora, até a faixa da morte, onde ficou presa à vegetação rasteira. Mas isso Micha não pôde ver. E ele o descobriu apenas mais tarde, quando vasculhou a faixa da morte com um espelho preso a um cabo de vassoura. Daquela carta ele não desistiria assim tão facilmente, e passou a tentar tudo para chegar até ela.

Era a primeira carta de amor que Micha havia recebido; e ela havia acabado na faixa da morte. Micha não tinha a menor idéia do que ela continha. Não sabia nem mesmo se a carta era de Miriam. Talvez a autora fosse o Canhão. Ou o mariquinhas dançarino de competição, com o qual Micha havia dançado a valsa. Talvez a carta também não fosse destinada a Micha, mas sim à sua irmã, Sabine. Naturalmente Micha desejava, mais do que tudo no mundo, que aquela carta fosse de Miriam. E nas semanas e meses seguintes, para Micha tudo girou em torno dessa carta. Ele queria chegar até ela a qualquer custo, e não queria, fossem quais fossem as circunstâncias, perguntar algo a Miriam, pois não seria capaz de admitir que a carta dela havia voado para a faixa da morte. Era tão ridículo e, no fundo, até uma ofensa, acreditava Micha. E se ela não fosse de Miriam, e ele lhe perguntasse sobre uma carta de amor, ele se tornaria ridículo também pelo fato de ter imaginado que ela lhe escreveria uma carta de amor.

Non, je ne regrette rien

Primeiro Micha tentou fisgar a carta com um anzol. No que teve a ajuda de Mario. Este segurava o espelho e dirigia o anzol de Micha ao lugar onde via a carta. Contudo, eles não usavam um anzol na ponta da linha, mas sim uma borracha de apagar embebida em Kitifix.[10] A borracha cheia de cola deveria apenas tocar a carta. Então Mario e Micha esperariam alguns minutos até que a kitifix tivesse endurecido e a carta pudesse ser içada por cima do muro.

Mario não sentia nem um pingo de ciúmes diante do sucesso de Micha com Miriam. É que ele mesmo acabara de "arranjar" algo: uma mulher, que ele havia conhecido na rua de Leipzig, no elevador. Ela parecia com aquilo que ele sempre imaginara que fosse uma parisiense: de cabelos vermelhos, que brotavam ondulados para fora da boina basca, blusão de gola alta e um livro de Sartre debaixo do braço. Era alguns anos mais velha do que Mario, algo em torno de vinte e poucos anos. Mario e Óculos discutiam mais uma vez sobre quais as faculdades apolíticas... Ou, muito antes, sobre o fato de *não existirem* faculdades apolíticas. Mesmo a Medicina não era apolítica, uma vez que no fundo os médicos tinham de fazer esforços dos mais especiais no caso de terem um oficial do Exército Popular Nacional sob o bisturi. Quando Mario e Óculos desceram no sexto andar e se despediram com um "tchau!" da leitora de Sartre, ela desejou "Uma boa noite!". E a última coisa que Mario viu foi o sorriso prometedor e sutil dela atrás da porta do elevador que se fechava...

– Ela sorriu como a Mona Lisa! – disse Mario a Micha,

10. Cola típica da Alemanha Oriental. (N. do T.)

quando eles estavam sentados sobre o muro. Micha quase havia esquecido que eles estavam esperando para que a kitifix secasse, tão interessado estava em saber como a história entre Mario e a Mona Lisa da rua de Leipzig havia acabado.

Mario tinha visto que ela apertara o 13 e correu para lá pela escadaria. E enquanto ele subia os degraus como um abestalhado, sentia-se feliz por ter de ir apenas até o 13º, pois Óculos lhe havia contado um dia que os prédios da rua de Leipzig tinham sido construídos a fim de cobrir a vista para o edifício Springer. Óculos parecia estar a par de tais coisas. O edifício Springer se localizava logo atrás do muro, no lado ocidental, e, se Mario tivesse tido azar, teria de subir mais alto do que a altura do edifício Springer. Antes que Mario pudesse desperdiçar mais pensamentos nisso, ele havia alcançado o 13º e, chegando, abriu num safanão a porta que levava até o corredor do andar. Bem ao fundo, pareceu-lhe que outra porta acabava de ser fechada... E a mesma voltou a se abrir mostrando a mulher do elevador em pé na soleira, sorrindo para Mario. E mais uma vez ela sorria como a Mona Lisa. Mario reuniu todas as suas forças e chegou, totalmente esgotado, até ela. Sentia que tudo ficava escuro diante de seus olhos e que o fôlego o abandonava por completo.

– E o que foi que você disse a ela? – perguntou Micha, que podia imaginar a situação muito bem.

– Eu disse: você conhece uma faculdade que não seja política?

Em vez de responder, a mulher do elevador sorriu de novo, e Mario disse, em seguida:

– Você sorri como a Mona Lisa.

A mulher aceitou o elogio com tranqüilidade:

– Talvez porque eu seja pintora – ela disse e puxou Mario para dentro de seu apartamento.

O apartamento mais parecia uma caverna, com grandes quadros nas paredes e lâmpadas que ela mesma decorava.

Eles conversaram durante todo o anoitecer, durante toda a noite. Tudo começou com a pergunta improvisada de Mario por uma faculdade que não fosse política e acabou em uma primeira aula sobre o existencialismo. Pois a conhecida de Mario sempre apenas sorria como a Mona Lisa... Ela era uma existencialista da cabeça aos pés. Ninguém precisa fazer algo que não quer fazer. A existencialista conjurou Mario. Todo mundo é responsável por si mesmo, e todo mundo também é culpado por sua infelicidade. Pois você tem sempre a liberdade de decidir, disse ela, e você não pode atribuir a ninguém a culpa por aquilo que você faz. Para Mario, tudo aquilo era uma coisa bem diferente, mas bem diferente mesmo... Era tudo tão novo e tudo tão GRANDE. Tratava-se de fato da liberdade, de algo especial, de tudo. E o fato de alguém, cuja janela dá para a faixa da morte, cantar o cântico da liberdade, chegando a conjurá-la, não apenas causava sensação em Mario, como inclusive mudou sua vida. Edith Piaf cantou *Non, je ne regrette rien* a noite inteira, sempre de novo, sempre de novo. Nós somos condenados à liberdade, exclamava a existencialista, depois de sacar a rolha da terceira garrafa de Sangue de Urso, sobre cujas etiquetas ela no entanto havia colado etiquetas de Château-Lafitte. Mario perguntou se eles também estavam condenados a ouvir aquela música para sempre. Sim, replicou a existencialista, pois, em primeiro lugar, o toca-discos não desliga e, em segundo, tudo continuará seguindo sua marcha eternamente mesmo se você não se levantar.

Ela se levantou e olhou para fora da janela, onde os postes de iluminação clareavam a faixa da morte. A existencialista já havia tomado mais de uma garrafa de vinho.

– Nós estamos condenados à liberdade – ela disse. – Você sabe o que isso significa para o muro? Sabe o que Sartre diria sobre o muro de Berlim?

Mario ainda não estava familiarizado com o existencialismo, e por isso teve de adivinhar:

– Que algum dia vou poder viajar ao Oeste.

– Não – ela disse –, exatamente o contrário.

– Que eu *jamais* poderei viajar ao Oeste? – perguntou Mario.

– Que um dia ele deixará de existir – disse a existencialista, e isso era tão monstruosamente grandioso para Mario que superava de longe o imaginável. Ele jamais poderia ter formulado sequer o pensamento de que o muro de repente pudesse deixar de existir. A existencialista desligou Edith Piaf e colocou *Je t'aime...* Ela sabia muito bem o que queria. Daí pra frente, ela apenas sussurrou.

– Você só se torna livre ao tornar todos os outros livres – ela disse e começou a libertar a si e a Mario. – Você entende o que estou querendo dizer? – ela sussurrou. – O que Jean-Paul quer dizer com isso?

Mario não entendia, mas compreendia um bocado e mais um pouco. Eles começaram à meia-noite e meia e terminaram por volta das cinco horas... Um caso genuinamente existencialista, e quando Mario acordou na manhã seguinte, ela estava sentada no canto da cama, nua, apenas com a boina basca sobre a cabeça, e sorria para Mario: "Ora, será que agora tirei sua virgindade?".

Entre todos os que perambulavam pelo parque, Mario era o primeiro a fazer com uma mulher, e Micha quis saber tudo em detalhes. Como a gente faz, e tudo que a situação envolve, tintim por tintim. Mario se levantou e mostrou... Ele movimentou os quadris como na noite anterior. Micha se levantou também e procurou imitá-lo.

– Assim? – ele perguntou.

Os dois estavam então um em frente ao outro e copulavam teatralmente até que Micha perguntou:

– E quanto tempo a gente tem de fazer isso?

Depois que Mario havia contado essa história, a kitifix já havia secado há tempo. Uma vez que aquilo sobre o que ele contara tinha acontecido recém na noite anterior, Mario estava tão cansado que achou que uma sacola de plástico branco fosse a carta. Quando Micha enfim puxou o anzol e viu que apenas uma sacola de plástico estava colada à borracha, turmas inteiras de ocidentais voltaram a lançar seus apupos da torre de controle:

– Parabéns pelo prêmio principal, comuna! Uma sacola plástica ocidental!

Mario e Micha foram chamados três semanas mais tarde por Erdmute Löffeling. Eles não tinham a menor idéia por quê. Não era um bom sinal, uma vez que ali estava sentado alguém que eles não conheciam. Erdmute Löffeling folheava, sacudindo a cabeça, uma revista do lado ocidental e de vez em quando dava um suspiro ou até mesmo bocejava. Mario e Micha não entendiam por que eles eram obrigados a olhar a diretora folheando uma revista ocidental. O estranho se concentrou, por fim respirou fundo e disse sofridamente:

– Faz parte das tarefas desagradáveis de um secretário da coordenação distrital da SED ler regularmente o inimigo.

Ele fez uma pausa para dar a Micha e Mario tempo de medir a importância das palavras que acabavam de ser ditas, e de fato Mario mostrou compreensão diante do funcionário do partido ao observar, suspiroso:

– Sim, essas são as durezas de uma profissão que de resto é até bem interessante.

Mario disse aquilo em um tom tão absolutamente cordial que o secretário da coordenação distrital da SED nem de longe imaginou que Mario estava fazendo troça dele. Mas quando o homem do partido apresentou a Mario e a Micha o periódico, eles perderam a fala. Se deram conta imediatamente do que se tratava. Micha teve medo. No momento em que Micha levantou os olhos das páginas ilustradas e encontrou o rosto pétreo de Erdmute Löffeling, teve um medo tão grande da diretora, que ela se desfigurou, transformando-se em um monstro: a cabeça de Erdmute Löffeling parecia bem maior do que Micha jamais havia percebido.

Nunca havia acontecido de ele não conseguir escapar ileso de um problema. Desde a terceira série, Micha não se deixava mais enganar. Na época, Erdmute Löffeling aparecera de repente na sala de aula e escrevera VIETNÃ no quadro, e Micha fora chamado por sua professora ao quadro. Ele tinha de mostrar em um globo onde moravam as crianças que passavam especialmente mal. Micha desconfiava que estava para acontecer uma ação solidária de doação, mas não tinha a menor vontade de mais uma vez coletar material velho. De modo que ele apontou os EUA. Como é que Erdmute Löffeling poderia contradizê-lo? Teria ela de dizer: não, as crianças dos EUA passam absolutamente bem?

– Sim, mas onde mais? – ela perguntou.

– RFA – disse Micha, e também diante disso Erdmute Löffeling teve de se mostrar impotente.

– Sim, e onde mais? – ela perguntou.

– Ora, em todo o lugar onde existe capitalismo – disse Micha.

– E o que acontece com o Vietnã? – perguntou Erdmute Löffeling ao menino de nove anos, que respondeu:

– No Vietnã as crianças vivem bem melhor, pois as crianças do Vietnã podem se alegrar com sua libertação, pela qual seu invencível povo luta!

O que Mario e Micha viram nas páginas ilustradas do periódico que o homem do partido lhes indicava era uma foto que mostrava os dois olhando para a câmera de olhos esbugalhados e mãos estendidas a frente, mendigando. Mario e Micha apareciam com toda a nitidez, e a fotografia, expressiva por si só, era ornamentada com a seguinte legenda: *A miséria no Leste – até quando o povo continuará calado?*

O homem do partido e Erdmute Löffeling cozinharam Micha e Mario, silenciosamente, sob um olhar longo e punitivo. Micha pigarreou timidamente e anunciou de repente, autoconfiante e até mesmo triunfante:

– Isso já diz tudo!

E depois de uma pausa eloqüente, Micha prosseguiu falando, e cada vez com mais intensidade.

– Nisso se vê como *eles* mentem. E o fato de precisarem fazer uso de mentiras como essa já mostra, além disso, que eles chegaram ao fim. Tudo que posso dizer é que desejo mais mentiras como essa! Pois quanto mais sujas as mentiras, mais o inimigo tem de se encolher no seu canto.

Micha sabia o que fazer para tomar fôlego em tais situações. O homem do partido inclusive chegou a sentir afeição pelos argumentos de Micha. Que o rapaz era responsável por uma repercussão ruim na imprensa não era nada agradável, mas sua análise... Ah, ele tirava o chapéu para ela: *Quanto mais sujas as mentiras, mais o inimigo tem de se encolher no seu canto.* Erdmute Löffeling reprovou o uso do comparativo, mas Micha não podia mais ser contido:

– Quanto mais as mentiras atingem o ápice da sujeira, mais o inimigo está encolhido no seu canto.

O homem do partido passou a pensar sobre o futuro de Micha... Também Karl-Eduard von Schnitzler algum dia haveria de se aposentar. Primeiro Micha foi condenado a uma palestra nas discussões políticas, que levava o pomposo título de: *A mentira, o inimigo e a luta de classes.* Nela, Micha teria de passar da experiência pessoal à análise, e daí a uma moral generalizante.

Portanto, Micha mais uma vez havia torcido a história à sua maneira, o homem do partido havia fechado o periódico com a foto incriminadora e até mesmo inclinado a cabeça amistosamente para Micha, quando de repente Mario abriu a boca. Teimando, ele disse:

– A fome por liberdade é maior do que a fome pelo pão! Foi Sartre quem o disse! Ou Mahatma Gandhi? Ou seria a fome por direitos humanos?

Mario estava totalmente confuso de tão excitado, mas sabia o que queria: confessar a admiração por tudo que era demonizado... Sartre e Gandhi, liberdade e direitos humanos. Essas palavras eram tão demonizadas que Mario sequer deveria conhecê-las, quanto mais permitir que saíssem de sua boca. Micha tentou evitar o pior ao dizer: Mario naturalmente quis dizer a *assim chamada* liberdade e os *assim chamados* direitos humanos. Em vão. O homem do partido voltou-se para Micha e disse com frieza:

– Se o assim chamado teu amigo não voltar logo à assim chamada razão, ele ficará sabendo o que é uma assim chamada expulsão!

Mario gritou para ele:

– Mas eu não vou voltar à assim chamada razão!

E então mais uma palavra veio à baila, uma palavra que ninguém conhecia: relegação. Mesmo Óculos jamais tinha ouvido aquela palavra. Mas todos entenderam de imediato o que estava sendo dito. Pela cabeça de ninguém passou a idéia de usar essa palavra. Ela soava tão inclemente e fria. Ela soava como algo contra o que ninguém pode se defender.

Óculos nem foi capaz de dizer a Mario que acabara de descobrir uma faculdade que considerava absolutamente apolítica. Só depois de semanas ele ousou perguntar a Mario se poderia ser descoberto algo de político em uma faculdade de Estomatologia. Mario refletiu apenas dois segundos antes de dar razão a Óculos: a Estomatologia era apolítica.

– Mas por acaso você tem realmente vontade de furungar nas fuças de pessoas estranhas, apenas para ter tranqüilidade?

A existencialista consolou Mario. Eles mais uma vez ouviram *Non, je ne regrette rien* durante a noite inteira.

– Você sabe o que ela está cantando? – perguntou a existencialista. – Ela está cantando: "Não, eu não me arrependo de nada".

Às vezes ela dizia também: "Pessoas importantes são sempre expulsas da escola". Mario achava que uma expulsão, por si só, não seria capaz de fazer dele um homem importante, e a existencialista não o contradisse.

– Mas é o começo de alguma coisa.

E nisso ela tinha razão. Começou a época mais bonita da

vida de Mario. Ele podia arrebentar o despertador todos os dias e seguir dormindo: tinha uma namorada e ninguém que lhe desse ordens. Muito embora pessoas que dão ordens não existam entre existencialistas, Mario não tinha nem mesmo alguém que *tentasse* lhe dar ordens de qualquer natureza. Mario e a existencialista se tornaram um casal dos sonhos. Eles faziam tudo aquilo que outros apenas sonhavam em fazer. Quando fazia tempo bom, saíam para tomar banho, e quando o tempo era ruim, faziam guerrinha de travesseiro. Às vezes, no café-da-manhã, davam de comer um ao outro de olhos fechados. Nenhum deles jamais ia sozinho para a cama, nem mesmo para baixo do chuveiro! E às vezes diziam: "No paraíso com certeza foi assim". Eles liam muito e discutiam sobre a Bíblia e as outras religiões universais (entre as quais o budismo era a que se saía melhor), sobre Sigmund Freud, Friedrich Nietzsche, Leon Trotski e Rudolf Steiner (entre os quais Jean-Paul Sartre era quem se saía melhor). Fizeram experiências com comida, descobrindo novas receitas, assando seu próprio pão e jejuando.

A existencialista estava apaixonada pela idéia de se recolher aos ermos brandemburgueses e se ocupar alternadamente apenas com filosofia e leitura. Ela queria ficar deitada em um latão como Diógenes, durante um verão inteiro. O latão, ela o rolou certa noite em segredo da rua Funda, pela qual era abastecido o mercado público de Berlim. Para começar sua vida no latão, ela escolheu os dias de pentecostes, a fim de poder escapar ao festival da juventude que acontecia em Berlim. Quando se arrastou para dentro do latão às margens do Stechlin, levava consigo uma pilha de livros, uma fartura em volumes filosóficos, e *Guilherme Tell*, de Friedrich Schiller. Mas depois de apenas quatro horas, ela desistiu de ficar deitada no latão, porque este lhe parecia demasiado desconfortável.

– Se eu pudesse pedir algo a Alexandre o Grande, eu não diria: saia da frente do sol, mas sim: me dê uma almofada para colocá-la debaixo da bunda!

E assim Mario e a existencialista voltaram a Berlim e descobriram o que tinham perdido. Durante o festival da juventude havia sucedido algo sobre o que ainda se falou por muito tempo na Alameda do Sol.

Avanti popolo

Os convidados que deveriam se alojar junto à família Kuppisch, que tinham de dormir nos colchões de ar que a senhora Kuppisch havia pego emprestado de seu vizinho da Stasi, eram dois saxões de Pirna, nas proximidades de Dresden: "o Olaf" e "o Udo". Por princípio eles sempre colocavam um artigo diante de cada nome. Até a família Kuppisch descobrir isso, acreditava que a namorada de Udo se chamava Alice, quando ela na verdade se chamava Lice; Olaf e Udo a chamavam sempre apenas de *a Lice*. Eles não eram exatamente as pessoas mais iluminadas. Talvez isso tivesse a ver com o fato de virem do *Vale dos desinformados*, aquela região em que não se pegava nenhum canal da televisão ocidental. Agora que o Olaf e o Udo enxergavam o muro diante da janela, agora, perguntaram se do outro lado ficava Berlim ocidental, e a senhora Kuppisch respondeu com um suspiro: "Sim, lamentavelmente". O Olaf e o Udo ficaram boquiabertos, e por fim um dos dois reconheceu:

– Isso nós não seríamos capazes de suportar, essa vida sempre sob o perigo constante.

O outro observou que em vista da "griminalitade do odro lado" facilmente alguém poderia ser vitimado por uma bala perdida. A senhor Kuppisch deu mais um suspiro:

– Sim, também com isso uma pessoa aprende a conviver.

Ela não tinha vontade de tentar esclarecer qualquer coisa aos dois naquele momento. Mas se ela tivesse se preocupado um pouco com eles, talvez não tivesse chegado a acontecer o acidente noturno na fronteira, no qual o Olaf e o Udo paralisaram por completo o trânsito de carros em direção a Berlim Ocidental depois do ocorrido. Os Kuppisch foram convidados todos à central da polícia "para o esclarecimento das circunstâncias".

– A mim eles não precisam contar nada! – disse o senhor Kuppisch, depois de ler sua intimação. – É coisa da Stasi!

A senhora Kuppisch estava à beira de um ataque de nervos.

– Eu convidei eles à nossa casa, para que Mischa possa ir ao Mosteiro Vermelho! – ela jurava. – Eu não podia imaginar que...

Não, ninguém poderia imaginar que o Olaf e o Udo queriam dar andamento à revolução comunista universal. Eles se propuseram a agitar os motoristas berlinenses ocidentais na passagem fronteiriça da Alameda do Sol, a fim de que estes, de tão entusiasmados com o socialismo, fizessem a revolução em Berlim Ocidental. O Olaf e o Udo estavam tão convencidos de sua empresa que chegaram a apostar vinte marcos na vitória do comunismo universal no decorrer dos próximos dez dias. O problema era apenas que tudo foi encaminhado entre um vírgula dois e um vírgula seis de nível de álcool no sangue. Olaf e Udo estavam sentados com sua delegação distrital na "Várzea do Parque", levantaram o copo a valer e discutiram primeiro sobre a política de um modo geral e por fim sobre as chances de vitória da revolução comunista universal.

– Se os trabalhadores soubessem como as coisas de fato são aqui entre nós...

– ... eles fariam um levante contra a ordem exploradora! – gritavam o Olaf e o Udo.

Quando um deles já balbuciava enrolando a língua e o outro já estava com os olhos vidrados, foram sozinhos em direção à passagem da fronteira, na Alameda do Sol, começaram a parar as Mercedes chiques, convidar os motoristas a descer e fazer algo que eles imaginavam ser agitação política: eles louvavam aos ocidentais as bênçãos do socialismo.

– ESCOLA GRÁTIS!

– MÉDICO GRÁTIS!

– PREÇOS ESTÁVEIS!

Isso pareceu bizarro até mesmo para eles. Já estavam querendo desistir. Mas quando o grito de Olaf "ALUGUÉIS BA-

RATOS" foi complementado renitentemente por um motorista de Mercedes com as palavras "Em apartamentos minúsculos!", os dois tomaram medidas drásticas: todos aqueles que queriam voltar ao Oeste foram obrigados, primeiro, a cantar canções de guerra. O Olaf cantava alto um trecho, mostrando como era, e regia com paciência, enquanto o Udo enfiava bandeirolas de papel nas estrelas das Mercedes. Por volta da meia-noite, um coro de dez berlinenses ocidentais cantou valentemente *Avanti Popolo* e, no ritmo da música, abanou bandeirinhas da RDA; mas quando, depois da canção de guerra, o Olaf passou a falar da revolução, um dos berlinenses ocidentais lhe cortou a palavra:

– Mas gente, eu té que sô a favor da revoluça. Mas desque vi a quitanda ali na esquina, meu zelo revoluça começô a mancá. Sim, eu sei que vocês têm tempero na sopa durante o ano intêro. Maravilha![11]

Em pouco tempo apareceram dois enfermeiros que meteram o Olaf e o Udo em camisas-de-força e seguiram adiante.

A ocorrência teve, como sempre, um epílogo. A família Kuppisch foi convidada à central da polícia para "o esclarecimento das circunstâncias". Mas eles não foram culpados de nada no ocorrido, ainda que Olaf e Udo fossem seus hóspedes. A senhora Kuppisch poderia continuar alimentando a esperança de que Micha freqüentasse o Mosteiro Vermelho. Mas o homem do partido, que mandou expulsar Mario da escola, queria mostrar "às nossas pessoas na Alameda do Sol" que a uma ocorrência dessas também se reagia. E, assim, a quitanda da esquina passou a receber de repente ofertas espetaculares de frutas e verduras. O homem do partido se dera conta de que aquilo era a primeira e a última coisa que os berlinenses ocidentais viam na RDA, uma quitanda com uma oferta miserável. *Tempero de sopa durante o ano intêro.* Essa acertara em cheio.

---

11. O homem fala em dialeto berlinense carregadíssimo. (N. do T.)

No Leste haveria, portanto, *uma* quitanda como as do Oeste, e ela ainda por cima seria mais barata. O funcionário se ocupou pessoalmente disso, e com tanta energia que mal teve tempo para ler o inimigo. Em poucas semanas a quitanda véia oferecia de tudo. De qualquer maneira, agora acontecia algo que ninguém esperava. A notícia de que havia uma quitanda excelente no trecho mais curto da Alameda do Sol se espalhou bem rápido. Ninguém precisou fazer nada, pois já havia se tornado uma espécie de fórmula de cumprimento responder à frase "Eu acabo de vir das compras" com "E então, o que havia?". Depois de poucos dias, a quitanda da Alameda do Sol ficou bem famosa, até mesmo lendária. Formou-se uma fila que se tornava cada vez maior. A primeira e a última coisa que os visitantes ocidentais viam na RDA era, portanto, uma fila muito, muito longa... Não, não era assim que o homem do partido havia imaginado a coisa. Ele mandou fechar o negócio imediatamente, e agora pensava sobre quais itens que existiam exclusivamente na RDA. Era isso, achava ele, que tinha de ser vendido em uma quitanda. Em suas idéias mais ousadas, o homem do partido via muitos, mas muitos berlinenses ocidentais formando fila diante do novo negócio. Por fim ele teve a idéia decisiva, mas manteve-a em segredo.

O negócio foi reformado, as vitrinas foram cobertas por cortinas e ninguém na Alameda do Sol sabia o que seria feito do estabelecimento. Naturalmente houve todo o tipo de boatos. Um negócio no qual seriam vendidas coisas que não existiam no Oeste... Que tipo de negócio seria aquele? Por fim predominou o boato de que naquele estabelecimento seriam vendidos apenas produtos de exportação: guitarras, árvores de Natal, Wernesgrüner[12] ...

Para a abertura, a Alameda do Sol ficou pontilhada de pessoas cheias de esperança, que haviam enchido o bolso de di-

12. Marca de cerveja. (N. do T.)

nheiro... Quando enfim as cortinas que cobriam as vitrinas caíram, eles viram bandeiras vermelhas, bandeiras da RDA, retratos de Honecker, cravos de maio, camisas da FDJ, tambores de pioneiros da nova sociedade sem classes e emblemas. Tudo em todos os tamanhos e variações. Depois disso, ainda no mesmo dia, foram entregues sete requerimentos de viagem ao exterior.

– Água sempre disligada e nada pras panela, além desses trapo vermelho – praguejou um dos que haviam entregue o requerimento, que, como o senhor Kuppisch, era motorista de bonde.

O negócio de fato tinha um bom faturamento, sobretudo nos últimos anos, quando o câmbio oficial era tão alto que os ocidentais mal podiam gastar seu dinheiro oriental. Assim, muitos aproveitavam a última oportunidade de se livrar do dinheiro, comprando bandeirinhas de papel e outras coisas curiosas. A dona da quitanda saía-se bem na coisa:

– Por treis e vinti posso lhe dá ainda cem bandeirinhas. Não, camisa da FDJ custa oito e cinqüenta, mas se faltá alguma coisa, o senhor pode completá com dinheiro do Oeste.

Ela ficava com o dinheiro ocidental, e completava o caixa com o dinheiro de sua carteira. Isso dava por dia mais ou menos uma nota de dez ocidental, e durante um mês ou um ano dava para juntar uma quantia bem significativa. A dona da quitanda se transformou na *grand-dame* da Alameda do Sol, cheirava a Paris, se maquiava como a rainha da noite, e seus cachecóis brilhantes caíram sobre seus ombros. Ela sabia que era um bom partido, pois quem procurava por seus serviços especiais podia comprar ferramentas da Black & Decker no Intershop. Ela continuava tendo o físico de uma mulher do mercado, vendia bandeirinhas de papel e quadros de Honecker, mas ficava em pé na loja como se trabalhasse no joalheiro mais caro da cidade. E, o que era a coisa mais impossível de ser esclarecida: ainda que a loja estivesse cheia de bandeiras, emblemas e lenços de pioneiros, para as pessoas do trecho mais curto da Alameda do Sol o negócio continuou a ser chamado de quitanda, e ela continuou sendo a dona da quitanda.

Hoje em dia o senhor Kuppisch diz, às vezes:

– Os tempos do comunismo eram uma quermesse sem fim, com festival de tiro ao alvo, no qual todas as balas saíam pela culatra.

Para esclarecer o que quer dizer com isso, ele conta sempre a história da quitanda da Alameda do Sol. Certa vez, a família Kuppisch convidou dois hóspedes da Saxônia para ficarem em sua casa, a fim de garantir o caminho de Micha ao Mosteiro Vermelho.

O coração um bocado maior

Quando a família Kuppisch foi convidada à central da polícia "para esclarecer as circunstâncias" de uma ocorrência, Micha foi o último a ser liberado. Foi sua primeira detenção... Ainda que sequer tivesse sido detido. No caminho da estação de bonde Caminho do Horto Florestal até a Alameda do Sol, ele desejou muito encontrar Miriam, mas lamentavelmente dessa vez não cruzou com ela.

Micha muitas vezes descia com Miriam a rua do Horto Florestal, seguindo o caminho que levava da estação de bonde à Alameda do Sol. Todas as vezes, ele se propunha a caminhar vagarosamente, a fim de passar mais tempo com ela, mas ficava sempre tão excitado e animado que caminhar tranqüilamente a dois, um ao lado do outro, se tornava impossível. E desejava ser obrigado a passar por um controle de identidade pelo menos uma vez na presença de Miriam, para provar que ele pendia para o outro lado da lei. Mas justamente quando Miriam o acompanhava o ABV sempre deixava Micha em paz. Por sorte, também nunca acontecia de a AWO aparecer de repente ao lado de Miriam, raptando-a e levando-a para longe. Quando Miriam e Micha chegavam ao lugar em que a Alameda do Sol encontra a rua do Horto Florestal, eles se separavam; ele ia para o lado da rua em que estavam as casas com os números pares, e ela, para o lado dos números ímpares.

Micha jamais descobriu, nesses encontros casuais, se a carta de amor que continuava na faixa da morte era de Miriam. E tampouco sabia como poderia descobri-lo sem parecer ridículo. Naturalmente, Micha continuava esperando pelo beijo prometido. Esperava como um campônio na chuva. Quando se encontraram no caminho de casa em um certo entardecer, Micha acreditou que finalmente havia chegado a hora. Era o último dia de aula antes das férias de verão e todo mundo viajaria; Micha, ao mar Báltico, Miriam, ao Alto Tatra. Era uma bela e morna noite de verão, o ar estava brando e tudo muito calmo; quando eles chegaram ao ponto em que seus caminhos se separavam, mais uma vez beijar Micha pareceu ser a última coisa a passar na cabeça de Miriam.

– Um dia você me prometeu uma coisa! – queixou-se Micha.

– Sim – disse ela, calma. – Mas eu disse: algum dia.

Micha teve de engolir em seco.

– Então, sei que vou ter de esperar eternamente! – ele exclamou, desesperado.

– Sim, e daí? – replicou Miriam, meiga como uma ovelhinha. – Nesse caso, você sempre vai ter algo com que se alegrar. Se sabe que eu um dia vou beijar você, não precisa nunca ficar triste.

Então eles foram para casa. Micha pensou naquela frase durante o verão inteiro e concluiu que havia subestimado Miriam. Como todos que acreditavam que ela era ingênua apenas pelo fato de ser subjugantemente bela. *Se sabe que eu um dia vou beijar você, não precisa nunca ficar triste.* Quem diz uma coisa dessas entende alguma coisa de espera, de ânsia e de esperança... Portanto, daquilo com que nos ocupamos a maior parte do tempo. Micha percebeu que para desempenhar o papel principal junto a Miriam tinha de amadurecer. E se lembrou que jamais tinha se sentido tão maduro, tão adulto e másculo quanto no baile de formatura. Micha de repente achou bem infantil a idéia de fazer sua reputação crescer pelo fato de deixar que o ABV controlasse sua identidade, ou por insistir no beijo prometido. Ou por fingir ser alguém que ele não era. Micha pressentia que, para o beijo que Miriam havia lhe prometido, ele tinha de se tornar *adulto.* Não sabia ao que isso levaria, mas sabia que não seria fácil e não aconteceria de um dia para outro. Mas era como Miriam dissera: ele sempre teria algo com o que se alegrar. E ele se alegrava com isso.

O último entre os últimos engraxates de botas russas nas estepes asiáticas

Certo dia em que Heinz mais uma vez tinha vindo ao Leste, um dos policiais da fronteira o levou amistosamente à linha branca que marcava a fronteira. Essa linha havia sido renovada há pouco, e o policial revelou a Heinz, aos sussurros, que a nova linha corria dez centímetros mais ao oeste. Ele havia calculado que a linha era renovada apenas a cada dois anos e que tinha de ser sempre deslocada dez centímetros em direção ao oeste para que a Europa Oriental em setenta milhões de anos alcançasse a costa do Atlântico; "e se renovarmos a linha *a cada* ano, alcançaremos o propósito na metade do tempo". Heinz não soube o que responder, nem mesmo quando o policial o animou dizendo:

– O senhor não precisa ter medo, nós tiraremos vocês de lá.

Nós não tínhamos passaportes de viagem, tínhamos sempre de aparecer diante do policial de fronteira do bloco oriental com a identidade e um bilhete chamado "Plano de viagem para circulação excursionista livre de visto". A maior parte das pessoas recebia seu bilhete, mas não todos. A existencialista certa vez foi surpreendida roubando um livro da rororo[13] com ensaios de Simone de Beauvoir na Feira do Livro de Leipzig, coisa que provavelmente foi o motivo de ela não ter podido viajar no verão seguinte. Isso foi particularmente estúpido para Mario, pois ele tinha cortado seus cabelos apenas porque ouvira que os de cabelo comprido não recebiam permissão nem para via-

13. rororo: célebre coleção de livros de bolso alemã; utiliza as iniciais – repetidas três vezes – da Editora Rowohlt, que a publica. (N. do T.)

jar no bloco oriental. E eis que agora ele recebia seus papéis, mas ela não, e, ainda por cima, Mario mais uma vez estava na lanterna em termos de corte de cabelo.

Agora Sabine tinha um atual que era alpinista. Ele se chamava Lutz. Lutz tinha lá seus métodos para cruzar fronteiras sem esperar setenta milhões de anos ou até mesmo a metade disso. Quando Lutz e Sabine fizeram as malas para uma excursão à Sibéria, a família Kuppisch mais o tio Heinz tiveram a oportunidade de se deleitar com uma palestra de Lutz sobre seu jeito de viajar para longe sem passaporte. O senhor Kuppisch não acreditava nem mesmo que os dois pudessem viajar à União Soviética, quanto mais à Sibéria... Para lá se chegava apenas por meio do turismo organizado, na condição de *grupa*, isto é, em um grupo de turistas. As simples palavras *turismo individual* significavam um monstro para os russos.

– Num caso desses, você pode fazer quantas petições quiser!

Lutz revirou os olhos conspirativamente e disse apenas três palavrinhas, mas as disse como se revelasse uma fórmula mágica:

– Visto de trânsito.

Depois de uma pausa bem calculada, ele esclareceu:

– E se 'cê uma vez tá dentro, 'cê fica dentro.

Heinz abanou seu passaporte, orgulhoso:

– Com isso eu posso me movimentar livremente na condição de homem livre pelo mundo livre.

Lutz bufou em tom de desprezo. Ele achava passaportes coisa de gente quadrada. Sabine comentou, orgulhosa, que Lutz inclusive já estivera na Mongólia... E na China! A senhora Kuppisch, em outras ocasiões a cautela em pessoa, achava aquilo muito interessante e fez com que lhe esclarecessem tudo em detalhes. Lutz estava muito feliz por poder enfim apresentar seu sistema minuciosamente. Em suas viagens, ele sempre levava consigo todos os documentos de viagem que haviam sido concedidos a ele até agora, pois calculava que os policiais da fronteira, sendo tantos os documentos de viagem, achariam que tudo deveria estar em ordem. Além do documento de identidade ele levava também seu documento da SV (no qual ele colou a foto de seu passaporte, pois assim ele dava a impressão de ser um passaporte), a carteira militar, no qual ele aparece fotografado de uniforme, o que o tornava um galeão do Estado... E até mesmo o documento de pioneiro. Quando acontecia de ele mostrar o documento de identidade, o documento da SV e até mesmo o passaporte militar e mesmo assim não o deixarem passar, então ele pegava seu documento de pioneiro, fazendo um gesto amplo e grandioso: "Ah tá, então é *isso* que vocês querem... Que bom que o tenho comigo!".

– E com isso você chegou à Mongólia? – perguntou a senhora Kuppisch.

– Não – disse Lutz –, para a Mongólia a gente precisa de um convite.

O convite a gente mesmo podia escrevê-lo, disse Lutz, mas para dar uma aparência oficial ao convite escrito de mão própria, ele havia gravado no convite, usando um lápis e uma moeda mongol sob o papel, o brasão mongol, que fazia as vezes de selo oficial. É que era exigido um "convite autenticado oficialmente", e onde existe uma repartição existe também um selo oficial, pensou Lutz. A moeda, uma moeda de cinco tukrig, ele havia pescado na Fonte de Netuno, onde os turistas do mundo inteiro jogavam seus trocos. Durante dois meses inteiros, Lutz havia andado até a Fonte de Netuno e, com água até os tornozelos, procurado moedas raras... Até que enfim um mongol jogou uma de cinco tukrig na Fonte de Netuno. Com um convite escrito por ele mesmo, Lutz foi à repartição oficial. Lá ninguém era versado em selos oficiais da Mongólia, e assim Lutz recebeu os papéis. No ano seguinte, também um seu amigo quis viajar à Mongólia, e, graças a alguém que Lutz conhecera nas suas férias, conseguiram providenciar até mesmo um convite de verdade, com um selo oficial de verdade, de uma repartição oficial mongol de verdade.

– Mas isso é maravilhoso – disse Sabine. – Então podemos acionar o mongol sempre que um de nós quiser ir à Mongólia!

– Não – disse Lutz. – Isso não daria certo.

Pois quando o amigo de Lutz quis buscar seus papéis na repartição alemã, ele não recebeu a documentação porque o selo oficial não era correto.

"Para um convite o senhor precisa de outro selo", eles disseram, e mostraram a ele o selo oficial correto. O queixo do amigo de Lutz caiu: eles apontavam para o convite de Lutz do ano anterior.

– E eu não tenho mais nenhuma moeda de cinco tukrig – disse Lutz. – Portanto, é melhor desistir da Mongólia.

Além disso, a senhora Kuppisch quis saber como Lutz havia chegado à China.

– A China foi bem difícil – principiou Lutz. Ele tinha observado durante meio dia a estação de fronteira soviético-chinesa. E nisso lhe chamara a atenção um soldado que provavelmente era o último entre os últimos por lá, uma vez que tinha de engraxar as botas de todos os outros; cinqüenta pares de botas de soldados russos, que eram dispostas em frente ao barracão da fronteira. De resto nada acontecia lá nas estepes asiáticas; de duas em duas horas passava um carro, até que o último entre os últimos foi familiarizado com o controle de passaportes. Naturalmente, os papéis de Lutz estavam incompletos, e o último entre os últimos, depois de folhear os papéis por muito tempo, indeciso, não deixou Lutz passar. Mas então Lutz fez tal escarcéu que os superiores do último entre os últimos se ocuparam do caso... E naturalmente decidiram de outra maneira, pois um último entre os últimos jamais tem razão. Quando Lutz deixou a estação fronteiriça em direção à China, o último entre os últimos já havia sido degradado a limpar latrinas.

A senhora Kuppisch ainda quis saber o que Lutz faria caso quisesse passar a fronteira diretamente diante da porta da casa.

– Sem chances – disse Lutz. – Ab-so-lu-ta-men-te sem chances.

Aquele muro podia deixar a gente triste e desesperado. Sobretudo se até alguém que havia chegado à Mongólia e à China dizia que era melhor desistir.

A senhora Kuppisch mesmo assim acreditava em uma chance... A sua chance. Pois tinha sido a senhora Kuppisch quem havia encontrado o passaporte de Helene Rumpel, e desde então ela trabalhava arduamente em si mesma. Queria ficar parecida com Helene Rumpel, a dona do passaporte. E na condição de Helene Rumpel, ela queria atravessar a barreira. Helene Rumpel era vinte anos mais velha do que a senhora Kuppisch... E esse problema a senhora Kuppisch havia resolvido na penteadeira. A senhora Kuppisch tinha um vestido e sapatos ocidentais, e em sua bolsa havia um pacote aberto de kukident[14] e um bilhete de viagem para Berlim ocidental, ainda não utilizado. Também a assinatura de Helene Rumpel ela conseguia imitar tão bem a ponto de parecer autêntica. Um certo dia à tardinha, ela se foi, a fim de conseguir passar pelo controle como se fosse Helene Rumpel, à luz do crepúsculo. Temerosa como ela estava, primeiro observou a passagem da fronteira a uma distância segura. Viu um casalzinho que queria voltar a Berlim ocidental; e quando a senhora Kuppisch viu como eles eram relaxados e autoconfiantes, como falavam alto, como riam, brincalhões, e comportavam-se descontraidamente – quando ela viu aquilo, viu que para ser uma ocidental lhe faltava bem mais do que apenas o passaporte, os sapatos, as roupas e o kukident. E ela soube que jamais seria como eles. E que ela de fato não tinha absolutamente nenhuma chance de passar a fronteira que ficava bem na frente da sua casa.

---

14. Pasta de dentes ocidental. (N. do T.)

A senhora Kuppisch voltou para casa. Que lhe restava a fazer, se não isso? De qualquer forma, não se envergonhava pelo temor que a impediu de caminhar os últimos trinta metros. Ela, além disso, já desconfiava que não pertencia à metade astuta da humanidade.

Mas como já não tinha motivo para se fazer vinte anos mais velha, ela voltou a ser como era antes. Em casa, sentou-se imediatamente à penteadeira. O senhor Kuppisch não conseguia crer em seus olhos quando voltou para casa. A senhora Kuppisch parecia mais nova do que jamais fora antes... Pelo menos era isso que diziam todos os que a viram nas primeiras semanas depois de seu rejuvenescimento. Ninguém conseguia esclarecer o caso. Micha desconfiava de um amante secreto. Sabine, de um novo cabeleireiro, e Heinz viu um indício para o câncer de pulmão, pois se sabe que doentes de câncer se tornam otimistas quando o fim se aproxima.

Je t'aime

A existencialista, que não podia deixar o país porque havia sido surpreendida roubando Simone de Beauvoir na Feira do Livro de Leipzig, viajou com Mario para o mar Báltico. Lá, um asmático de Sandersdorf mostrou a eles um medicamento que se prestava a experimentos com drogas. Mario e a existencialista chamavam-no de "Erva asmática Halle". O troço podia ser conseguido em qualquer farmácia. Tinha de ser misturado a refrigerante de cola e bebido de um só gole. O asmático de Sandersdorf contou também sobre uma fábrica química em Sandersdorf que pintava a neblina do amanhecer de amarelo. Mario e a existencialista não podiam estar mais entusiasmados: se uma droga faz com que a gente veja a neblina do amanhecer amarela, então era exatamente essa droga que eles queriam tomar.

Quando Mario e a existencialista mais uma vez se encontravam na Rua de Leipzig, eles também ousaram um experimento com a Erva asmática Halle. O efeito superou todas as expectativas.

– Eu estou na terra da espuma! – exclamou Mario, fascinado.

A existencialista sorriu, ausente, e passou a assoviar canções de ninar, que ela chamava de *canções de mimar*. A coisa durou exatamente duas horas. Então começou a fase do sofrimento. Suas bocas secaram completamente. Eles tinham de beber, mas a geladeira estava vazia. E justamente naquele momento a água foi desligada de novo. Eles também não perceberam que quando haviam dado a descarga a caixa d'água não mais se enchera. A sede se tornava cada vez mais terrível. E ainda por cima ficaram cegos... Apenas por algumas horas, claro, mas não podiam sequer ir fazer compras. A única água que encontraram no apartamento dela foi um pequeno gole no escoadouro.

– Eu acho nojento, mas o gosto é delicioso – disse a existencialista.

Os dois continuavam cegos quando Micha tocou a campainha. Mais uma vez se tratava da carta de amor; a questão não o deixava em paz. Ele queria, com uma pequena pazinha de metal, escavar um túnel sob o muro, grande o suficiente apenas para ele poder enfiar o braço. E ele queria que os dois o ajudassem, ficando de vigia.

– Nós estamos cegos! Como é que vamos ficar de vigia? – alegou Mario, e quando Micha viu os olhos dos dois, se assustou: o que ele via era apenas pupila; os olhos já não tinham mais íris.

– A droga transformou vocês dois em monstros! – exclamou Micha.

Naturalmente, a existencialista quis saber de que carta se tratava, e quando Micha lhe contou toda a história de Miriam, ele se sentiu como o desnorteado que confia seu destino à esperta mulher cega. A existencialista teve a idéia de fazer uma festa, assim que a biboca de Mario estivesse livre. E Micha teria apenas de esperar que tocassem *Je t'aime* para então olhar fundo nos olhos de Miriam.

– O resto é tão simples que nem precisamos conversar a respeito.

Micha se irritou terrivelmente com a idéia.

– Ora, ela é algo totalmente especial, que a gente não consegue dobrar assim no mais, e muito menos apertando simplesmente um botão como com todas as outras! Ela tem... algo enigmático! Quando eu leio um livro, penso nela, quando escuto uma música, penso nela...

– Micha, *Je t'aime* ajuda sempre! – disse Mario (que falava por experiência própria), e a existencialista dirigiu seus olhos cegos ao nada e disse, radiante:

– Claro, isso eu vejo com toda a nitidez.

Se Mario e Micha tivessem adivinhado em que fiasco a idéia da existencialista acabaria, eles não teriam jamais preparado uma festa. No final das contas ninguém sabia quem havia sido atingido mais fatalmente; uns pensavam que para Mario havia sido pior o que acontecera na festa, os outros diziam que a festa fora uma catástrofe sobretudo para Micha. Mas antes do acontecido, naturalmente ninguém imaginava que aquela festa terminaria numa *débâcle* total, e assim acabou acontecendo de fato uma festa das grandes, talvez até mesmo a maior que jamais acontecera no trecho mais curto da Alameda do Sol. É que além de Micha, Mario e a existencialista, não tinham vindo apenas Óculos, o Gordo e Carapinha, mas também Sabine, que mais uma vez havia mudado de atual. Desta vez era um estudante de teologia, coisa que na época ainda estava na moda. Também os dois mariquinhas dançarinos de competição da escola de dança tinham vindo, e Carapinha tinha desencavado ainda outros: Franki, o fã tatuado dos Stones, o azarado Bergmann, o traficante de discos Aresta e até mesmo o hippie de Strausberg. A existencialista tinha convidado a turma inteira dos vanguardistas. Canhão também compareceu, e até mesmo o asmático de Sandersdorf. Com isso Mario não tinha contado. Quanto mais convidados vinham, mais ele sentia medo por causa dos históricos instrumentos de quatro séculos. No apartamento inteiro, havia instrumentos velhos, deitados e parados que o pai de Mario colecionava desde a crisma. Lá pelas tantas, o hippie de Strausberg pegou uma mandolina do século XVII da parede e, depois de ter constatado "Bicho, esse troço tem de ser afinado urgentemente para *blues*", se pôs a reafinar o velho instrumento.

Mario não o havia percebido, pois estava parado na cozinha, discutindo com sua namorada existencialista e com os dois mariquinhas dançarinos de competição sobre se era ou não possível fundar uma República do Contra autônoma no interior da RDA.

– Cada um pode comprar dois mil metros quadrados de terra! – disse um dos dois.

A existencialista opinou que poderiam ser encontradas, bem em segredo, muitas pessoas para comprarem terra primeiro e mais tarde unirem essas terras em regiões renegadas... Ela estava entusiasmada, e Mario não acreditava na idéia, e por isso houve confusão:

– O existencialismo é uma filosofia-do-vem-nem-que-seja-da-bunda e não uma filosofia-do-isso-talvez-não-dê-certo-por-isso-talvez-seja-melhor-eu-desistir!

Também Sabine precisava que algo lhe fosse esclarecido... quando Johannes, seu teólogo, lhe alcançou uma taça de vinho e ouviu em resposta um amigável "Amém!", ele ensinou a ela algo que ele há tempo já queria lhe dizer.... Que o *Amém* não significa *Obrigado*, e que *Aleluia* não significa *Bom dia*. Nas proximidades imediatas já batiam skat, e no verdadeiro sentido da palavra: Aresta, Franki e o Gordo, na falta de uma mesa, colocaram no meio da roda um tambor velho, a fim de jogar sobre ele suas cartas. Podia se ouvir muito bem o golpe das jogadas, apenas Mario não o ouvia, pois já pegara fogo por causa da idéia da compra da terra.

– Todos os nossos têm de saber das coisas, mas mesmo assim tudo tem de ficar em segredo, entre nós! – ele exclamou, tanto era seu entusiasmo, e ninguém lhe perguntou como ele queria arranjar aquilo.

O Gordo bluesava na maior, ao formular em versos suas observações, cantando ao som de *Little Red Rooster*, no que o hippie de Strausberg o acompanhava com os acordes mi, lá e sol na mandolina do século XVII:

"Voam garrafas vazias da sacada
mas alguém por certo vai se vingar
os vizinhos chamam a polícia armada
e então alguém terá de pagar..."

Ainda que os vizinhos não tivessem chamado a polícia armada, isso rimava com sacada, e que as garrafas voavam da sacada era verdade.

Micha não parava de caminhar, excitado, de um aposento a outro, andando para lá e para cá e deixando todo mundo nervoso. Miriam não tinha aparecido. Será que ela ainda viria? Ou será que não? Todo mundo entendia pelo que Micha estava passando e tratavam de lhe dar de beber:

– Beba alguma coisa, isso ajuda!

Ou:

– Beba alguma coisa, isso acalma!

Ou:

– Beba alguma coisa, que você vai se sentir melhor!

Ou:

– Beba alguma coisa, aí você vai conseguir relaxar!

E assim Micha foi o primeiro de todos a ficar bêbado – e, aliás, pela primeira vez. Sua excitação aos poucos se acalmou, ainda que Miriam não tenha aparecido.

Mais tarde um dos amigos da existencialista organizou um *happening* na sacada: ele desempacotou uma torta de creme e manteiga, em seguida abriu suas calças e mijou sobre a torta de creme e manteiga. Carapinha chegou à cozinha extremamente enojado e interrompeu a discussão sobre a compra de terras, mas a existencialista o acalmou:

– Homem, isso é o meio artístico, *underground*, é sempre estranho. Ano passado ele imitou tudo o que eu disse, palavra por palavra. Hein, isso faz você matutar, não é, aí você começa a pensar no que você está dizendo. E arte é isso, justamente!

E de imediato houve uma discussão acerca do tema arte. Franki mostrou seu antebraço com uma tatuagem de sereia:

– Isso daqui é que é arte, fiquei sentado durante três anos e oito meses para terminar a coisa! – anunciou ele com voz rouca, e ao mesmo tempo vieram do balcão gritos de nojo. O teólogo chegou pálido à cozinha. O *freguês*, que foi como ele chamou o artista do *underground*, tinha devorado a torta coberta de mijo de uma hora para a outra. Até mesmo a existencialista se arrepiou enojada, e passou a chamar o artista de "porco nojento", e foi então que Carapinha, justamente Carapinha, defendeu o artista:

– Não, isso é arte! Tudo se agita quando alguém faz alguma coisa que ninguém faria! Isso é a eletricidade! Isso é arte elétrica!

A conversa, o *blues*, o ruído das garrafas e os golpes de tambor dos jogadores de skat davam à festa um som animado, e quando Miriam enfim apareceu, mal foi percebida. Ela sentou-se no sofá ao lado do Canhão, bem no momento em que a flauta pastoril búlgara de cerca de 1910, que o hippie de Strausberg havia deixado pronta e afinada, lamentavelmente foi danificada devido à escuridão.

– Se agora rebentar também a quarta corda, bicho, a música acabou – disse o hippie de Strausberg e olhou nostalgicamente à charamela, que também já havia sido entregue a alguém: Aresta havia metido o instrumento entre os joelhos e usava-o como cinzeiro. O Canhão estava aos amassos com Óculos já há um bom tempo. Ela tinha lhe tirado os óculos e disse:

– Sem teus óculos eu até que te acho bem bonito.

Ao que Óculos disse:

– Sem meus óculos eu também te acho bonita.

Miriam se divertia e olhava para os dois sem o menor constrangimento. Quando Micha apareceu diante dela, de repente, foi como se o horror estivesse parado ali.

Primeiro Micha tinha fugido de Miriam em pânico para a cozinha, no que ficara com a camisa presa ao trinco da porta e rasgara a manga. Na cozinha, ele tinha arrancado a manga na altura do ombro e se lambuzado com beterraba, e isso na parte da frente das calças.

Uma vez que a senhora Kuppisch durante anos fizera discursos no sentido de que manchas de beterraba não podem ser limpas, Micha se pôs no trabalho de lavar a mancha com um pano e muita água. Depois disso, a mancha úmida na parte da frente das calças não estava mais vermelha, mas em compensação estava bem grande. E justamente nesse momento começou a tocar *Je t'aime* na sala.

Mario tinha voltado pela primeira vez depois de uma hora à sala e quando vislumbrou todo o caos que envolvia os instrumentos históricos de quatro séculos exigiu uma explicação de Carapinha, que naquele exato momento se preparava para entrar na banda de *blues* tocando um bandoneon do século XIX. Carapinha pediu desculpas... Eles tinha começado a tocar só porque as pilhas do gravador estavam acabando.

– Olha só! – disse Carapinha e apertou na tecla *play* do aparelho.

E assim tinha começado o som de *Je t'aime*. As baterias realmente estavam acabando, e o gravador gaguejava terrivelmente. Qualquer música que engasga soa terrível, mas um *Je t'aime* engasgado soa pelo menos duas vezes mais terrível do que qualquer outra música, por causa do órgão balançando e se afogando. Mas Mario agora fazia questão de ouvir, por consolo, uma vez que *Je t'aime* era a música ao som da qual a existencialista tinha tirado as roupas – as suas e as dele.

Micha, que ainda estava na cozinha, não tinha como saber disso. É que para ele *Je t'aime* era o sinal. Ele estava tão embriagado, que nem mesmo hesitou pensando que algo tão extraordinariamente especial como Miriam pode ser fisgado com a ajuda de *Je t'aime*. Ele cambaleou até a sala e cambaleante se postou em frente a Miriam. Esta mal percebeu sua camisa rasgada, pois estava fascinada demais pela grande mancha molhada na parte da frente de suas calças. A música engasgava e Micha estava embriagado. Foi um verdadeiro pesadelo quando Micha se ajoelhou diante dela e balbuciou:

– Miriam, eu sei que talvez agora não seja o momento adequado porque estou com uma espinha e tanto aqui, mas promessa é promessa...

E então Micha realmente tentou beijar Miriam. Ela se livrou dele, se levantou e correu para longe. Micha tinha bebido demais para tentar ir atrás dela. Ele se deitou num canto e dormiu. Como travesseiro, usou uma gaita de foles do princípio do século XVII, que ele encheu depois de dar um nó em cada uma das aberturas. E foi assim que o pai de Mario, que voltou na manhã seguinte, antes de a festa ter acabado completamente, o encontrou. O hippie de Strausberg continuava com a mandolina presa debaixo do braço e tocava *blues*. Ao ver tudo aquilo, o pai de Mario imediatamente se deu conta de que, da noite para o dia, ele havia se transformado em um colecionador de instrumentos *quebrados* de quatro séculos. Depois disso foi tudo muito rápido. O hippie de Strausberg teve de interromper a música no meio da estrofe. Micha foi acordado. Mario foi expulso da casa de seus pais.

Infiltrar-se: assim, assim ou assim

Mario e a existencialista passaram a gostar da idéia de mobilizar um movimento clandestino que comprasse terras em segredo para em seguida formar um território autônomo e se separar da RDA. Eles se ocuparam dias e noites no esboço de uma constituição para as regiões renegadas. Estavam de acordo quanto ao não-comprometimento com o pacto, quanto à abolição do serviço militar obrigatório e quanto à liberdade de imprensa; quanto à forma de Estado, não: ela era a favor de uma república de sovietes; ele, a favor de uma democracia parlamentar. Nos finais de semana eles muitas vezes viajavam pelo país, que lhes parecia infinitamente grande, na mobilete de Mario. Mas isso acontecia apenas porque a mobilete era tão lenta. Certa vez a existencialista disse:

– Olha só, temos de tentar fazer uma estimativa de quantos membros terão de pertencer ao movimento secreto se quisermos comprar a RDA inteira.

A RDA tem, "se não contarmos todas as praças de tiro", conforme a existencialista se expressou quando falou dos distritos militares que não estavam à venda, cerca de cem mil quilômetros quadrados. Ela queria que Mario fizesse as contas, mas este era preguiçoso demais para tanto.

– Não fui expulso da escola para ter de continuar fazendo cálculos – opinou ele.

– E eu sou pintora, e sendo assim também não preciso fazer cálculos – opinou ela, mas uma vez que Mario mesmo assim não fez menção de calcular coisa alguma, ela acabou tentando. Era um maravilhoso dia de verão, e os dois estavam deitados preguiçosamente sobre um gramado.

– Diga lá, mil metros são um quilômetro, não? – disse ela e fez cócegas no nariz de Mario com um dente-de-leão esplendoroso.

– Então dois mil metros são o mesmo que dois quilômetros?

Mario apenas roncou concordando. E assim a existencialista calculou que, se cada um pudesse comprar dois mil metros quadrados, isso seriam dois quilômetros quadrados e, por conseqüência, cinqüenta mil compradores de terra poderiam comprar a RDA inteira – excluídas as praças de tiro. E isso ela achava sensacional.

– Mario, nós vamos arrancar o país de debaixo da bunda deles e vamos vendê-lo, melhor ainda se antes do próximo congresso do partido, pois aí eles vão estar tão ocupados com o barulho que costumam fazer, que apenas vão perceber quando já for tarde demais!

O dinheiro para a compra da terra não era o problema. A terra não era cara. O metro quadrado custava apenas alguns marcos. A existencialista pintaria alguns quadros a mais e os venderia e, caso fosse necessário, passaria a confeccionar bijuterias da moda. Mario queria produzir mocassins e vendê-los por vinte e cinco marcos o par. A existencialista não queria aceitar, de maneira nenhuma, contratos estatais oficiais. Ainda que fosse bom que o Estado financiasse seu próprio naufrágio, "mesmo assim nunca vô pintá quadro pra eles!".

Quando ela afirmava que os de cima estariam ocupados com o barulho do congresso do partido antes do congresso do partido e não se dariam conta de nada, isso era procedente, mas o que não era verdade era que o barulho acontecia apenas antes dos congressos do partido. Nós cambaleávamos de campanha política em campanha política, e sempre estava acontecendo alguma coisa. Há pouco pudemos suspirar porque o congresso do partido havia terminado... e aí já se aproximava um jubileu e paralelo a ele a próxima campanha. Depois que o jubileu havia sido deixado para trás, os jornais passaram a achar que o povo poderia votar de novo, a fim de confirmar a política exitosa. E de novo houve campanha. E mal as eleições tinha passado, o partido achou que, frente a uma prova tão grande de confiança, tinha de ser convocado mais uma vez um congresso do partido.

O pai de Micha era da opinião de que pelo menos antes das eleições as petições eram respondidas positivamente. Pois, segundo sua teoria, cada um que não votava preocupava a autoridade, e a ameaça "Então eu me recuso a votar!", latida em direção a eles, fazia milagres. Cada homem razoavelmente normal por certo era obrigado a supor que os números das eleições eram melhorados, mas talvez alguém desejasse números melhores sem ter de melhorá-los... Quando os votos de sim não podiam mais ser aumentados – pois nenhum ser humano se interessava pela diferença entre 99,28 e 99,55 por cento – inventaram novos números para indicar lealdade entre os eleitores, por exemplo, *participar maciçamente das eleições*, ou *ir às eleições antes do meio-dia*, ou *ir às eleições de camisa azul.*

Mesmo assim, ocorriam derrotas vergonhosas nas eleições, e a vergonha maior, a vergonha total, nacional e internacionalmente, quem providenciou foi Bernd, o irmão de Micha, e isso justamente quando servia no exército. Ele tinha um chefe de companhia particularmente zeloso, que ainda por cima era tão vaidoso que na comunicação por rádio havia dado a si mesmo o pseudônimo de *Everest.* Thomas, companheiro de exército de Bernd, por vezes mandava uma comunicação a Everest chamando-o de "Montanha de Müggel" e de "Stálin de espadas", de modo que no final das contas o apelido que prevaleceu foi "Montanhinha de Espadas". Montanhinha de Espadas, que se sentia humilhado por receber o nome de uma pequena montanha de trenó nas terras planas de Berlim como era a Montanha de Müggel, se ocupou a seu jeito de Thomas, em nítida retaliação: não o deixava um minuto em liberdade; Thomas tinha de limpar até sonhar com baldes de limpeza e esfregões.

No domingo das eleições, Montanhinha de Espadas era OvD, ou seja, ele era chefe da caserna, e na inspeção matinal o comandante do regimento leu a "ordem do dia":

– Todo e qualquer voto aos candidatos da frente nacional!

Montanhinha de Espadas posou de macho e respondeu:

– Às ordens, camarada tenente-coronel... *todo e qualquer* voto!

E porque Montanhinha de Espadas era especialmente zeloso, ele fez com que todas as companhias se apresentassem em uma longa linha depois da inspeção matinal. Então ele deu ordem de descansar e deu a cada um uma cédula eleitoral. Seu ajudante o seguia com a urna eleitoral. Cada soldado tinha de dobrar a cédula uma vez e em seguida enfiá-la na urna. O processo de enfiar durava um tempinho a mais do que a distribuição, de modo que Montanhinha de Espadas em pouco tempo estava na dianteira.

Quando Montanhinha de Espadas estava em frente a Bernd, o ajudante acabava de chegar em Thomas – e este não queria enfiar sua cédula na urna eleitoral. Thomas argumentava com as palavras "lei eleitoral" e "cabine eleitoral". Montanhinha de Espadas, que acabava de entregar a cédula a Bernd, voltou até onde estava Thomas e rugiu:

– S'rá q'o s'nhor qué descumpri uma ordem ou o quê, ouviuaordemdodia, ou o quê! Sentido! Dobrar cédula!... Entregar!... Ora, ora, porque não pode ser logo assim?... Onde é que eu estava?

Bernd se manifestou, Montanhinha de Espadas foi até ele e lhe deu uma *segunda* cédula eleitoral, que Bernd pôs sobre a primeira às escondidas, dobrando e enfiando as duas na urna, sem que o ajudante percebesse. Montanhinha de Espadas pôde anunciar, pois, que os soldados de sua caserna haviam entregado seus votos maciçamente antes das nove horas da manhã, vestindo o uniforme de desfile. Isso era insuperável. Mas na contagem pública dos votos, da qual todos os soldados tinham de participar, se descobriu que 578 autorizados a votar haviam votado 579 vezes sim. Montanhinha de Espadas acreditou que seu ajudante simplesmente havia se enganado e mandou repetir a contagem... O resultado foi o mesmo. E eis que os votos foram contados mais uma vez, colocando todos os votos em montinhos de dez... Mais uma vez a conta ficou em 579 votos sim. Montanhinha de Espadas contou aqueles que estavam na lista de autorizados a votar: exatamente 578. Pouco a pouco ele passou a esquentar. É que Montanhinha de Espadas no fundo queria ser o primeiro coordenador de uma seção eleitoral a anunciar seu resultado... Mais tardar às 18h03 ele queria anunciar seu resultado de cem por cento. Mas a coisa não era tão simples assim. Sucessivas vezes e cada vez mais desesperado Montanhinha de Espadas contou as cédulas. Por fim, ele chegou a mandar um recruta, que depois do serviço militar começaria uma faculdade de Matemática, fazer a contagem. Durante horas o resultado oficial final não pôde ser anunciado, porque entre as vinte e duas mil seções eleitorais faltava o resultado de uma única seção eleitoral. E nessa seção eleitoral havia um único voto a mais. Pouco antes da meia-noite, um homem do partido chegou à caserna fazendo escarcéu: se 578 com direito a voto podem ter entregado apenas 578 votos de sim, o 579º voto é irrelevante. Sim, disse Montanhinha de Espadas, nós também pensamos nisso, mas nesse caso 578 com direito a voto entregaram 578 votos sim e um voto nulo. O homem do partido fez um escarcéu ainda maior e, a fim de esclarecer a Montanhinha de Espadas o que é um voto irrelevante, pegou a cédula que se diferenciava de todas as outras, ou seja, a de Thomas, que este, no ápice da renitência, havia dobrado duas vezes e não apenas uma.

– Irrelevante significa: não tem a menor importância!

Montanhinha de Espadas teve de anunciar ao comando que em sua seção eleitoral 578 com direito a voto haviam entregado 578 cédulas com 578 votos de sim. No escritório central das eleições todo mundo ficou aliviado. Enfim o resultado oficial final podia ser anunciado. No dia seguinte houve boatos de que o resultado final tardio era um indício de fraude. Outros boatos comentavam que as ligações telefônicas estavam tão ruins que nem mesmo os resultados eleitorais mais importantes podiam ser comunicados por telefone a Berlim. E a imprensa ocidental conjeturava algo acerca de uma oposição partidária interna, que com o atraso da contagem conduzia os organizadores das eleições pelas argolas do nariz como se fossem ursos. E Montanhinha de Espadas era o culpado de tudo. Ele foi condenado a uma palestra nas discussões políticas que deveria fazer no próximo congresso do partido. Este aconteceria um ano e meio mais tarde, pouco antes de Bernd, Thomas e os outros serem dispensados do exército. Bernd disse:

– Nunca pensei que eu poderia me alegrar tanto com um congresso do partido!

Esta foi uma das últimas frases normais que ele falou, mais tarde ele se tornou cada vez mais incompreensível... Ainda que sem a menor dúvida continuasse falando alemão. Pouco antes de Bernd ser dispensado do exército, a senhora Kuppisch lhe perguntou durante a refeição:

– E então, Bernd, conte como é no exército. Nós nem conseguimos imaginar direito como as coisas funcionam por lá.

Bernd mastigava, boquejava e engolia os bocados de comida enquanto falava. A família inteira o ouvia atenta, mas já não o reconheceu mais. Ninguém entendeu uma palavra. Primeiro eles pensaram que isso acontecia porque Bernd estava falando com a boca cheia, mas, quanto mais ele falava, mais claro ficava que ele tinha se apropriado de uma língua totalmente peculiar enquanto estivera no exército.

– Não deixa te porem a corda – ele começou. – Os balins! Quem dá golpe, leva bofe, sabe. O E balança as bolas e quando vem um desses oscos, um mala que carrega um contêiner inteiro no lombo e ainda pede festa, assim com o bafo na nuca das gentes, a um tipo assim o E mostra a medida e manda ir pastar. Não dá pé, mas tem de se virar, e se o bocó se dá um teco e ainda faz parada por causa de mãos estranhas no xilindró, então, cara, se dê um beliscão, pois do contrário você está acabado da silva, comendo grama pela raiz na cozinha. Pois é, o jaca diz apenas: seis vezes bolo, e deixo todo mundo tolo. E o inverno se foi, E se foi. Os malas fedem que dá no teto da gente. Nos últimos dias botei uma VKU na cola deles, mas um desses vermes do estado-maior me deu só uma KU. Pegou, quanto tempo uma pilha daquelas pode destravar o caminho da gente?

Os Kuppisch ficaram paralisados enquanto o ouviam.

– O que foi que o exército fez de você, Bernd? – perguntou a senhora Kuppisch, à beira das lágrimas.

Bernd fez um gesto de recusa e disse apenas mais uma frase:

– Antes de nós vieram milhares, depois de nós virão milhões.

Que nada. Mario e a existencialista não acreditavam que a coisa seguiria assim, eternamente. Eles trabalhavam a toda pressa em seu plano de "arrancar o país de debaixo da bunda deles", comprando-o. No apartamento da existencialista havia um grande mapa pendurado, diante do qual ambos muitas vezes refletiam sobre a melhor maneira de encaminhar o planejado. Havia três táticas: avançar, amarrar ou perfurar. Avançar significava que as compras de terra tinham de acontecer como um movimento de frente de batalha. Se começariam no leste, no oeste, no sul ou no norte pouco importava. A coisa seria difícil de organizar, mas extremamente exitosa, uma vez que todo mundo saberia com relativa rapidez se vive ou não em uma região libertada. A tática de amarrar propunha a compra de terra em várias posições a fim de cercar os velhos territórios. Isso era ainda mais difícil de organizar do que a tática de avançar, mas era mais discreto.

– Cara, se começarmos no sul e alcançarmos 51° graus de latitude – disse a existencialista quando estava parada com Mario diante do mapa –, eles vão perceber tudo e não vão mais vender terras ao norte dali... E o que vamos fazer, então?

– Nesse caso, a Alemanha vai estar dividida em quatro setores: vai existir então o leste, o oeste, Berlim ocidental e nós – disse Mario.

– Por isso eu sou a favor da tática de amarrar.

– Não – replicou Mario. – Aí teríamos de nos ocupar demais com a coordenação! Teríamos de telefonar aos nossos e dizer quando e onde eles devem comprar... Isso nunca vamos conseguir fazer, pois ninguém tem telefone.

A única alternativa era a tática de perfurar: as terras seriam compradas sem o menor sistema. Algum dia o território inteiro pertenceria às pessoas do movimento clandestino.

Se o plano deles fosse descoberto, eles teriam no pescoço um processo por alta traição. Até aquele momento eles nem sabiam que existia um parágrafo relativo à alta traição.

– Alta traição? – exclamou a existencialista. – Não se pode chamar isso de outra coisa? Fico parecendo como Dreyfus outrora!

Ambos sabiam que tudo estaria terminado se algum delator ficasse sabendo algo acerca dos planos. Mario sempre dizia:

– Temos de contar a todos, mesmo assim todos têm de guardar sigilo absoluto.

Quando Mario dizia aquilo, Micha sempre tinha de pensar no lema do operário de palco de Sabine, que havia estipulado como regra dos programas culturais de toda ordem:

– Quanto melhor você esconder a crítica, mais crítico você pode ser.

Na época, o operário de palco estava ensaiando um número de malabarismo, e, enquanto Micha conversava com ele, o operário de palco jogava três bolas ao ar.

– Mas no fundo isso significa: quanto mais crítica você consegue fazer, menos você é capaz de mostrá-la! – disse Micha.

– Sim, e daí? – replicou o operário de palco, sem tirar os olhos das bolas.

– Quer dizer que você, mesmo querendo criticar tudo, não quer mostrar nada?

– Exatamente! Se eu critico tudo, não posso mostrar nada – respondeu o operário de palco.

– Mas isso é absurdo! Assim você nunca vai mudar coisa alguma! – exclamou Micha.

– Absolutamente correto.

– Não – replicou Micha. – Se a gente tem uma crítica fundamental a fazer, a gente tem de fazê-la bem alto!

– Aí você é preso e todos vão considerar você maluco, porque você fez sua crítica fundamental em voz alta. Sua crítica fundamental passa a ser, então, apenas a fantasmagoria de um maluco... Com o que também não mudará nada.

Micha precisou de um instante para entender aquela lógica. O operário de palco já fazia malabarismo com pensamentos bem antes de ter aprendido a fazer malabarismo com bolas. E uma vez que Micha se calou, perplexo, o operário de palco começou um novo esclarecimento... E isso sem deixar cair uma bola sequer.

– Adivinhe por que nada muda por aqui? Se você *diz* o que está se passando, você é preso e todos consideram você um doido porque você sequer sabe o que não se deve dizer. Se você não quer ser preso, você tem de calar a respeito do que se passa. Mas se você *se cala* a respeito do que se passa, também não muda nada, pois todos acham que o mundo está em ordem. E por isso nada pode mudar por aqui.

Quando Micha se foi para procurar um erro na argumentação do outro – Micha tinha certeza de que havia um em algum lugar –, o operário de palco ficou onde estava, fazendo seus malabarismos, incansavelmente.

De como a Alemanha não foi dividida em quatro

Mas e eis que então Mario acabou sendo preso. Ninguém sabia o que havia acontecido exatamente, pois Mario não voltou de uma viagem. Ele e a existencialista haviam partido em um sábado pela manhã a fim de mais uma vez examinar regiões em que deveria ser comprada terra. Mario viajou ao Sudoeste, a existencialista, ao Nordeste. Quando viajavam separados, eles podiam examinar exatamente o dobro de territórios a serem comprados no mesmo tempo. Também a existencialista foi presa, mas só depois de já ter voltado a Berlim. Era melhor que "ela dissesse logo" para onde Mario tinha viajado e o que ele estava querendo.

– Nós já sabemos de tudo mesmo, e depois as coisas ficarão mais fáceis para vocês.

Ela fez de conta que não sabia de nada. Ainda que não pudesse esconder que estava acabada, totalmente esgotada, ela teve nervos suficientes para fazer o papel de mulher ciumenta, inventando uma história de que Mario tinha uma namorada secreta. Todos presumiam que Mario tivesse sido surpreendido em uma tentativa de fuga... Menos a existencialista, que tinha certeza de que Mario teria contado a ela sobre isso. Os dois tinham confiança absoluta um no outro.

Depois de quatro dias, Mario foi libertado e contou o que havia acontecido.

Na noite de sua prisão, ele tinha ido para cama bem tarde. Tinha de acordar cedo no dia seguinte, para não perder seu trem; o trecho não poderia ser vencido com a mobilete. No trem, Mario tinha pegado no sono. E despertou apenas quando o trem parou na última estação. E isso era na zona de fronteira. Primeiro ele estudou a tabela de horários para descobrir quando haveria um trem que o levasse de volta. Dois trapos[15] que estavam patrulhando a estação de trem logo botaram Mario na mira. Eles tinham aprendido, em vários treinamentos, cursos, especializações, discussões de jornada e nas aulas profissionais, através de que detalhes os fugitivos da república podiam ser reconhecidos: se, por exemplo, um homem jovem embarca sozinho num trem em uma região de fronteira e a primeira coisa que faz é fingir que estuda a tabela de horários, então ele é um fugitivo clássico. E Mario estava até mesmo de tênis... Ou seja, calçados com os quais se pode correr bem, fugir...

Os dois trapos pediram para ver a identidade de Mario. Este mostrou a identidade. Então eles quiseram ver seu bilhete de volta. E Mario não tinha nenhum. Ahá, pensaram eles, quer dizer que alguém está aqui, viajando na região da fronteira sem um bilhete de volta... Ora, ora, assim a coisa fica bem mais fácil para nós!

Mario disse que nem teve a intenção de viajar tão longe... Que na verdade queria ter desembarcado em uma estação anterior. Ah, tá, disseram os trapos, e qual era o objetivo da sua viagem? Isso Mario naturalmente não podia dizer, pois do contrário todo o plano da compra das terras teria sido descoberto e ele e a existencialista seriam julgados por alta traição.

– Prestou serviço militar? – perguntou-lhe um dos trapos, e Mario fez que não com a cabeça. Ele tremia de medo. Sabia como os trapos juntavam os indícios: que ele estava fugindo para o Oeste porque queria se livrar do serviço militar. Os trapos passaram o nome de Mario adiante pelo *walkie-talkie*.

– Se você já foi surpreendido por algum motivo na fronteira, é melhor dizer logo!

Mario admitiu ter sido expulso da escola devido a poses de fome diante de ônibus de turistas ocidentais. Um dos trapos mal pôde acreditar naquilo: poses de fome diante de turistas

15. Da Polícia Ferroviária (*Transitpolizei*); palavra composta a partir das sílabas iniciais do original alemão. (N. do T.)

ocidentais? E expulso da escola por causa disso? Esse trapo estava convencido de que a um pamonha como aquele a melhor coisa a fazer era devolver-lhe a identidade, levá-lo ao guichê das passagens e colocá-lo no próximo trem. O outro trapo permaneceu desconfiado, mas concordou. Mario deu um suspiro. Sua camisa estava totalmente molhada de suor devido ao medo dos últimos minutos. Mas quando o trapo devolveu a carteira de identidade a Mario, descobriu algo que Mario havia enfiado na parte de trás da carteira de identidade, por dentro da capa de plástico: uma carteira estudantil de um curso de holandês na universidade popular.

Parte das excentricidades do trecho mais curto da Alameda do Sol era o interesse excessivo de seus moradores por cursos de língua, sobretudo por línguas faladas em países para os quais eles jamais poderiam viajar. Talvez fosse um jeito de expressar a nostalgia da distância. Ou uma espécie de teimosia: se não podemos viajar para lá, pelo menos aprenderemos a língua que eles falam. Quem tinha um pouco de orgulho próprio anunciava aos quatro ventos que seus filhos estavam crescendo educados em duas línguas. As vagas em cursos de inglês na universidade popular estavam sempre esgotadas, e o mesmo acontecia com os cursos de francês, espanhol, português, sueco, italiano, árabe, sânscrito e hebraico. Quando a fronteira para a Polônia foi interrompida, as pessoas passaram a estudar polonês, e quando o *Sputnik* foi proibido, o russo de repente se tornou popular. A existencialista aprendia francês; Miriam havia se inscrito para o curso de espanhol certa vez. Seu irmão mais novo queria aprender línguas indígenas. Mas até mesmo as vagas daquele curso estavam esgotadas.

Não se tratava apenas de aprender as línguas, mas também de entrar em contato com aqueles que moravam nos lugares para onde não podíamos viajar. Os parceiros de xadrez à distância mais cobiçados do Gordo eram canadenses e brasileiros. Para Miriam, trocar beijos com ocidentais tinha sido sempre uma idéia excitante. E Günter, o marido da mulher da quitanda, cujo hobby eram trenzinhos e estradas de ferro de brinquedo, sempre escrevia cartas a amantes de trenzinhos e estradas de ferro de brinquedo da Europa ocidental. Eles lhe mandavam de volta revistas de trenzinhos e estradas de ferro de brinquedo. Até que Günter certo dia foi preso por atividades de espionagem. A mera suspeita já era completamente absurda. Günter não conseguia se impor nem mesmo diante da mulher das verduras... Como é que um tipo desses iria se atracar com o Estado? Mesmo assim ele foi atingido, como, aliás, sempre são atingidos os pobres-diabos. Quando Günter voltou, depois de um ano e oito meses, necessitou de aparelhos para respirar que tinha de carregar em um dos vagõezinhos, que puxava atrás de si.

A senhora Kuppisch certo dia viu na quitanda, que já não era mais uma quitanda, um homem que a cada três degraus pressionava uma máscara de oxigênio ao rosto a fim de conseguir ar. Mas apenas quando a mulher da quitanda, que também não era mais a mulher da quitanda, entrou pela porta da loja com o propósito de ajudá-lo, a senhora Kuppisch o reconheceu. Todos aqueles que viam Günter não lhe davam meio ano de vida, mas hoje Günter ainda está vivo e continua puxando o vagãozinho com seu oxigênio atrás de si.

Os trapos que encontraram o documento de participação no curso de holandês na capa de plástico de sua carteira de identidade passaram a informação pelo *walkie-talkie*:

– O indivíduo detido participa de um curso de holandês... Holandês... Está escrito aqui... Sim, holandês.

Se em um controle de identidade em uma estação de trem na região da fronteira é passada adiante uma informação dessas, é mais do que claro o que acontece em seguida. O *walkie-talkie* reagiu, e uma única palavra bastou: "prender!".

Enquanto Mario esperava por seu interrogatório, ele deu de cara com um erro fundamental nos cálculos de compra de terras: como dois mil metros quadrados não eram dois quilômetros quadrados, mas sim apenas dois milésimos de um quilômetro quadrado, era necessário mobilizar, em vez de cinqüenta mil compradores de terra, mil vezes mais, ou seja cinqüenta milhões. Contudo, na RDA viviam apenas dezessete milhões, e, se fossem descontadas as crianças e camaradas do partido, restariam apenas dez milhões. Mario não tinha idéia de onde os quarenta milhões que faltavam poderiam vir. Assim, ele pelo menos se acalmou, pois, nesse caso, como poderia ser condenado por alta traição nesse caso? Pois se assim fosse, alguém com uma arma descarregada também poderia ser condenado por tentativa de assassinato, ou não?

O oficial encarregado pelo interrogatório ofuscou Mario com a lâmpada da escrivaninha e disse que Mario primeiro teria de merecer o copo de água antes de consegui-lo.

– O senhor pode confessar tudo tranqüilamente, pois nós já sabemos de tudo há muuuuito tempo! Queremos apenas ouvir do senhor!

Mario jurou que tudo tinha acontecido simplesmente porque ele tinha pegado no sono dentro do trem. O condutor do interrogatório riu dele, gritou com ele, não acreditou em uma só palavra que ele dizia. Mario manteve a sua versão. Teria sido constrangedor contar a verdade e confessar seu ridículo erro matemático. E por isso o interrogante poderia fazer troça e berrar o quanto quisesse. E quando Mario de fato adormeceu em meio ao interrogatório, sua versão passou a ser digna de crédito.

Mario foi solto. E nunca mais viajou para examinar terras. Mas a existencialista passou a contar que o comportamento sexual dele a partir de então era tal como se quisesse começar a revolução procriando com ela os quarenta milhões de compradores de terra que faltavam.

Também Micha foi preso uma vez na região da fronteira. Foi um dia à tardinha, quando a família Kuppisch enfim recebeu telefone. Eles estavam sentados, orgulhosos, em volta do aparelho e se sentiam como na entrega dos presentes de Natal. E de repente o troço tocou! O senhor Kuppisch ousou levantar o fone do gancho. Mas teve de passá-lo adiante, a Micha, para quem era a chamada.

– Uma moça – esclareceu o senhor Kuppisch à família curiosa.

Era Miriam. Micha ficou todo constrangido, e os seus não tiveram com ele a mínima consideração.

– Você consegue entender o que ela diz? – perguntou a senhora Kuppisch.

– E pergunta se ela entende você! – chamou o senhor Kuppisch.

Como todos estavam ouvindo, Micha disse apenas "Mmmm", "Sim", "Claro" e "Tchau", coisa que Miriam esteve longe de entender. Ela esperava mais de sua ligação para Micha. Da última vez que eles tinham se encontrado na rua, Miriam lhe contara que não mais veria o motorista da AWO, porque este fora servir o exército por três anos. Se Micha queria ser sua testemunha, quando se tratasse de provar que sua promessa não havia sido uma promessa já que ela havia cruzado os dedos quando dissera que continuaria fiel a um namorado, mesmo que este prestasse serviço militar por três anos. Depois de colocar o fone no gancho, Micha correu imediatamente para fora do apartamento, sem casaco e sem nada. Da cabine telefônica mais próxima, ligou para Miriam.

– Desculpe – ele disse, ofegante –, mas todos estavam ouvindo a conversa...

Miriam o tranqüilizou.

– Não tem problema, eu pensei que você poderia vir passear – ela disse, mas Micha continuou se desculpando:

– ... entende, eu não podia dizer nada uma vez que...

– Claro – disse Miriam –, mas você vem ou não vem passear?

Micha continuava sem captar o que ela estava dizendo.

– É que nós acabamos de receber o telefone hoje e você foi a primeira a ligar, aí todos...

– E agora você vem passear? – perguntou Miriam pela terceira vez.

Micha achou que não estava ouvindo direito:

– Como? – ele perguntou.

– Eu só queria saber se você não quer passear um pouco – disse Miriam com uma paciência de anjo.

– Até daqui a pouco! – gritou Micha, pôs o fone no gancho e correu para fora da cabine telefônica direto para os braços do ABV.

– Identidade!

Micha se assustou, pois se deu conta de que tinha deixado sua identidade no casaco, e o casaco estava pendurado no apartamento.

– Vou buscar! – gritou Micha e quis escapulir, mas o ABV o segurou. Micha tentou se livrar, lutava e se debatia, mas o ABV simplesmente era mais forte. Em pouco tempo, o nariz de Micha estava sangrando.

O ABV sabia que aquela noite era decisiva para Micha, mas ainda tinha contas a acertar com ele, pois continuava sem ter sido promovido. Naturalmente não se tratava de saber quem era Micha, onde ele morava e qual sua data de nascimento – isso o ABV sabia melhor do que a própria mãe de Micha. Micha foi levado à delegacia com a justificativa "De um sujeito detido sem documento de identidade na região da fronteira é necessário constatar os dados pessoais[16] em outro lugar". No decorrer da noite o ABV fez um protocolo no qual escreveu que um indivíduo do sexo masculino, que não portava um documento de identidade válido, fora detido por volta de 22 horas correndo na região da fronteira e tentara se esquivar ao controle de identidade encaminhado pela autoridade policial, entabulando uma fuga. O ABV queria com isso apenas provar a Micha que também poderia ser malvado, mas Micha não estava interessado

16. Tentativa de imitar a sintaxe popularesca do ABV. (N. do T.)

por esse tipo de detalhe. Aliás, agora nada mais lhe importava, aliás; ele não tinha ido até Miriam, ainda que ela o tivesse convidado quatro vezes.

O ABV liberou Micha apenas no amanhecer do dia seguinte, e os dois estavam quites: cada um deles havia estragado de jeito o passeio do outro em uma ocasião.

Era o primeiro dia de Micha no Mosteiro Vermelho. E ao mesmo tempo o último. Ele chegou com atraso, desafortunadamente, no exato momento em que a diretora estava dando aos novos alunos uma demonstração da sua capacidade de imposição. Os novos alunos estavam apertados num semicírculo em volta da diretora, que observava com feições sombrias um cartaz com informações sobre o clube de xadrez do Mosteiro Vermelho. O cartaz tinha a forma do rei do jogo de xadrez. A diretora mandou chamar o aluno que havia bolado o cartaz e perguntou-lhe com severidade:

– O que foi que você pensou quando fez isso?

O aluno sequer sabia o que tinha feito de errado e balbuciou:

– Eu... clube de xadrez... informar...

– Sim, sim, sim – interrompeu-o a diretora do Mosteiro Vermelho, e todos os novos alunos foram testemunhas dessa cena. – Obviamente não temos nada contra que se jogue xadrez nessa escola, ainda que os inventores do jogo tenham pensado que um peão não tem exatamente o mesmo valor e muito menos que possa valer bem mais do que um rei. – Ela fez uma pausa artificial, para que cada aluno tivesse tempo de refletir sobre a questão... – Afinal de contas o peão trabalha enquanto o rei apenas vive sua vida parasitária. – Então ela obscureceu ainda mais suas feições e fincou o dedo indicador exatamente no cocuruto da figura do rei, onde se elevava uma cruz, e gritou com voz estridente: – Mas símbolos cristãos nocivos não serão tolerados nesta escola! – E exatamente naquele momento, quando ela apontava obstinada para a cruz da coroa do rei, Micha chegou. Ele estava sem fôlego e totalmente suado.

– O que há com você?

Micha estava tão sem fôlego que apenas com muito esforço pôde responder:

– Eu fui... preso... na região da fronteira... E eu ainda quis fugir para... e até me defendi...

– *FORA!* – gritou a diretora a ele.

Micha já tinha visto o suficiente. Ele voltou para casa. Sua mãe rompeu em lágrimas. Ela tinha tentado tudo a fim de levar Micha ao Mosteiro Vermelho e para a União Soviética, para que ele estudasse por lá. A senhora Kuppisch havia providenciado para que a bandeira tremulasse na janela em todos os aniversários da república, ela tinha alojado convidados em sua casa, tinha se tornado membro dos pais ativos, assinado o *ND* e utilizado as sacolas de plástico de Heinz apenas com os escritos virados para dentro. E ela inclusive chamava seu filho de Mischa. E agora, já no primeiro dia, tudo se acabava. A senhora Kuppisch não agüentava mais. Ela chorou, um dia e uma noite. Na manhã seguinte o senhor Kuppisch disse:

– Vou fazer uma petição.

E então ele fez uma coisa que jamais tinha feito: sentou-se à mesa e de fato escreveu uma petição.

Depois de duas semanas, o senhor Kuppisch recebeu a resposta. Ele tomou Micha e a senhora Kuppisch pelas mãos e foi, furiosamente decidido, ao Mosteiro Vermelho. A primeira coisa que chamou a atenção de Micha: o cartaz de xadrez tinha agora a forma de um peão.

O senhor Kuppisch entrou na sala da direção às cotoveladas, pouco se importando com as tentativas enérgicas de bloqueio por parte da secretária. A diretora olhou para o senhor Kuppisch com um olhar interrogativo. O senhor Kuppisch tirou a carta do bolso e a leu:

– Prezado senhor... Com referência à sua etc, etc... Aqui!

Ele encontrou a passagem que procurava e agora se pusera a citar a carta.

– ...nós tomamos a decisão de fazer com que a relegação imposta seja revertida – com um "Hmmm!" triunfante o senhor Kuppisch baixou a carta. – É que nós fizemos uma petição! – disse ele, cheio de satisfação, e acenou para que Micha e a senhora Kuppisch entrassem, a fim de que a diretora soubesse de quem se tratava quando ele dizia *nós*.

Micha não entrou. A senhora Kuppisch estava constrangida:

– Micha teve de se ir aliviar mais uma vez. É sempre assim quando ele se alegra.

Era mentira, mas seria sua penúltima mentira. Ela mentiria apenas mais uma vez para apresentar Micha em uma luz favorável.

Pois Micha não estava no banheiro por causa das necessidades, e não estava nem um pouco alegre. Ele havia desaparecido no lavabo a fim de se desajeitar diante do espelho. Quando ele chegou à sala da direção, estava mascando chicletes, com os cabelos desalinhados e os três botões superiores de sua camisa ousadamente abertos. Micha estava parecido com o aluno que jamais, nunca seria tolerado no Mosteiro Vermelho. Ainda que a senhora Kuppisch tenha de imediato se colocado a ajeitá-lo, Micha se defendeu contra a intromissão com um movimento de mão. A senhora Kuppisch lançou um olhar tímido à diretora para tentar descobrir em que medida o aspecto de Micha tinha sido devastador... Mas a diretora não disse nada. Ela apenas olhou para Micha, e Micha olhou para ela. Nenhum dos dois soube dizer coisa alguma. A senhora Kuppisch quis colocar panos quentes na situação e tentou fazê-lo, pela última vez, com uma mentira.

– Mischa, agora que está no internato, você tem de escrever a seu amigo por correspondência soviético dizendo que seu endereço mudou.

Obviamente Micha não tinha nenhuma amizade por correspondência com um soviético, e também não tinha o aspecto de alguém que pudesse tê-la. Uma vez que ele e a diretora continuavam se medindo com o olhar, o senhor Kuppisch brandiu nervoso a carta que havia recebido em resposta à sua petição e encorajou Micha:

– Mas agora diga você alguma coisa!

Micha disse algo que tinha ouvido de tio Heinz, e em seguida deixou a sala e a escola. O que ele disse foi suficiente para fazer com que não se tornasse uma pessoa de respeito, mesmo a longo prazo. Pelo menos dali para a frente ele não precisaria mais ser obediente. Isso era cansativo. E também a senhora Kuppisch não precisaria mais imaginar coisas para melhorar a situação. E isso também era cansativo. E em poucos minutos ela estava bem feliz com a decisão de seu filho. Pais decentes não mandam seus filhos para uma escola como o Mosteiro Vermelho, pensou a senhora Kuppisch. Também o senhor Kuppisch logo já estava mostrando seu bom humor; ele precisou apenas pensar na sua petição, e seu peito se encheu de orgulho.

– Se quiséssemos, teríamos conseguido! – ele disse e abanou a carta. – Hoje nós mostramos a eles o que é bom!

E assim aconteceu que Micha e seus pais voltaram de cabeça erguida à Alameda do Sol... Ainda que Micha, apesar de anos de esforços tenazes, tenha acabado não indo ao Mosteiro Vermelho. Tudo sempre tinha sido tão complicado e cansativo, mas a linha que dava um fim a tudo tinha sido traçada facilmente. Ele tinha dito "Ras, dwa, tri... ...russos nós jamais seremos aqui!", e aquilo foi entendido.

Viver e morrer na Alameda do Sol

Miriam por sua vez ignorou Micha completamente nas semanas seguintes. Ela não lhe perdoou o fato de ele, apesar de ter sido convidado quatro vezes, não ter ido visitá-la. Uma vez que ela não ficara sabendo da detenção de Micha por parte do ABV, o não comparecimento de Micha naquela noite a tinha magoado incomensuravelmente: se ele não reagia nem mesmo a um convite como aquele, o que será que ele queria? Se ele não reage a mim, o que será que ele quer? Micha era e continuaria sendo um babaca, e Miriam voltou aos amassos com ocidentais. Ela não fazia segredo disso. Cada semana aparecia um carro diferente em frente à porta de sua casa: primeiro um Porsche, depois uma Mercedes conversível, em seguida um Jaguar e uma vez até mesmo um Bugatti. Todos aqueles carros fabulosos, cujas miniaturas de brinquedo seu irmão mais novo tinha ganhado, estacionavam de fato e de verdade em frente à casa de Miriam. Micha ficava totalmente pálido; ele se perguntava como Miriam conseguia aquilo: a cada semana um outro. O irmão mais novo de Miriam revelaria a Micha, entretanto, que nada era como parecia. Na verdade era bem pior do que Micha imaginava. Por um Big Banger – um dos carros mais raros, com o qual Miriam jamais havia pego uma carona –, o irmão mais novo de Miriam contou tudo:

– Você pensa que minha irmã toda semana tem um cara novo. Mas isso não procede. É sempre o mesmo. Só que a cada semana ele tem um carro novo.

Nem mesmo Miriam sabia como ele conseguia isso.

– O cara deve ter milhões!

O irmão mais novo de Miriam dava seu palpite:

– É o Elvis.

Mas não era o Elvis.

– Mas quem é, então? Quem? – perguntou o irmão mais novo de Miriam.

Micha opinou, finalmente: talvez seja o xeique de Berlim.

O xeique de Berlim fez uma boa ação: certa vez ele abriu a porta gigantesca de seu Cadillac de um modo tão idiota que Carapinha não teve a menor chance de desviar com sua bicicleta dobrável. Carapinha se esborrachou no calçamento. Tivesse ele corrido ao ABV chorando, então a coisa teria se tornado bem cara para o xeique de Berlim. Mas Carapinha arranjou as coisas na manha. Ele precisava de cinqüenta oestes para o *Exile on Main Street*. O xeique de Berlim primeiro quis calar a boca dele com vinte oestes, depois com cinqüenta lestes, mas Carapinha insistiu nos cinqüenta oestes... e no final das contas acabou levando. Agora Carapinha precisava apenas esperar por uma terça-feira... E então poderia enfim pegar seu álbum duplo com Aresta, que continuava parado uma vez por semana sob a ponte do bonde, vendendo discos.

Uma vez que o xeique de Berlim tinha se mostrado tão pão-duro, Carapinha começou a duvidar que ele de fato fosse quem todo mundo pensava que ele era. Para Micha isso não tinha a menor importância. Xeique ou não... o cara passava tempo demais com Miriam, e tinha sempre consigo um carro bom demais. E ele não correspondia ao clichê: normalmente, homens que são donos de um belo carro, desses que chamam a atenção, mudam de mulher a toda hora... Mas o xeique de Berlim era um homem com *uma* bela mulher, dessas que chamam a atenção e mudam de carro a toda hora. Contra alguém que voltava sempre com um carro novo, Micha era impotente. Os nervos de Micha estavam à flor da pele. Quando mais uma vez foi ridicularizado por uma turma escolar na torre de controle, ele rugiu de volta:

– Quando eu tiver dezoito, vou servir por três anos na fronteira... E então vou passar um teco em todos vocês!

Jamais alguém da Alameda do Sol o tinha visto tão furioso como naquele momento. Mas uma explosão de raiva também tinha algo de bom: depois disso Micha não voltou nunca mais a ser ridicularizado.

O xeique de Berlim era, na realidade, o guarda do estacionamento do Hotel Corte Suíça. Ele sabia quais eram os hóspedes que deixavam o carro na garagem enquanto ficavam no hotel. O xeique de Berlim simplesmente usava os carros deles. Era o método perfeito para se fazer passar por podre de rico. Mas um dia a coisa deu errado. Não que ele tivesse arranhado a lataria de um dos carros. Tampouco tivera um acidente grave. Tinha sido ainda pior. Bem pior do que o xeique de Berlim jamais poderia imaginar. Quando ele veio com um Lamborghini, teve uma certa dificuldade no controle aduaneiro: no bagageiro havia quatro metralhadoras. O xeique de Berlim tinha tomado o Lamborghini emprestado sem saber que o carro pertencia à máfia. Por causa das metralhadoras, o xeique de Berlim naturalmente foi interrogado pela Stasi, durante dias. E depois foi solto. As metralhadoras e o Lamborghini ele não recebeu de volta. Pior: mafiosos já estavam esperando por ele na passagem da fronteira. E aconteceu exatamente o que ele temia que acontecesse: eles estavam parados ali, três sicilianos, olhando fixo para o nada ou limando as unhas, entediados. O xeique de Berlim acabava de passar pelos problemas com a Stasi, mas agora via que problemas *de verdade* esperavam por ele. Voltou à passagem da fronteira e perguntou educadamente se não poderia se tornar cidadão da RDA. Os policiais o mandaram embora. Os sicilianos continuavam em pé na esquina, do outro lado da rua. E mais uma vez o xeique de Berlim voltou e implorou aos policiais da fronteira que fizessem dele um cidadão da RDA. E mais uma vez foi mandado embora. Na terceira vez, ele veio chorando, se arrastando sobre os joelhos e mendigando para se tornar cidadão da RDA. Um dos policiais da fronteira tirou o fone do gancho e falou com um ministério. Lá tiveram compaixão por ele. O xeique de Berlim se tornou cidadão da RDA e pedestre. Mas o que havia entre ele e Miriam acabou. Ela disse que, se ele vivia na mira das autoridades, quanto mais longe eles ficassem, melhor.

A coisa mais estranha no muro era que os que lá moravam não consideravam o muro como algo extraordinário. Ele fazia parte de seu dia-a-dia de tal maneira que eles mal o percebiam, e, se o muro fosse aberto em segredo, aqueles que moravam por lá seriam os últimos a percebê-lo.

Mas então aconteceu algo que lembrou a todos os do trecho mais curto da Alameda do Sol de onde eles moravam; e isso aconteceu do modo que eles sempre haviam desejado que jamais acontecesse. Depois de tudo, todos tentaram descobrir o que tinha acontecido naquele entardecer e como foi que aquilo pôde acontecer.

Micha fora obrigado a ver várias vezes Miriam aos amassos com o xeique de Berlim. Em sua impotência, ele voltou a perseguir o velho plano idiota de botar as mãos na carta de amor, que continuava caída na faixa da morte. Seus pensamentos agora giravam apenas em torno dessa carta de amor e já ultrapassavam os limites do razoável. Micha chegou a ter a idéia de se apresentar para o serviço militar na fronteira, a fim de então, da torre de controle mais próxima, ler a carta com a ajuda de um dispositivo ótico que ele mesmo construiria, feito de binóculo e instrumentos de precisão. Micha mergulhou tão profundamente em fórmulas óticas e se ocupou tão minuciosamente com conceitos especializados como foco, refração e coeficiente de desvio de eixo que ele mesmo era capaz de fazer os cálculos necessários.

Às vezes, Micha simplesmente ficava parado junto ao trecho do muro atrás do qual a carta estava caída. Como um cão que late para a lua sobre o túmulo de seu dono. Em uma terça-feira à noite, quando de fato havia lua cheia, Carapinha o encontrou por lá:

– Olá, Micha! – chamou Carapinha, que estava muito animado. – O que você está fazendo aqui?

Micha não compreendia por que Carapinha estava tão bem-humorado. Aliás, como é que alguém poderia estar de bom humor, se neste mundo a carta de amor, a mais bela, a mais bela entre todas as cartas de amor, se perde! Sem ter sido lida! Micha começou a esvaziar seu coração diante de Carapinha.

– Ali atrás há uma carta, você compreende, a carta dela, e eu não consigo alcançá-la!

– Como não? – interrompeu Carapinha, admirado.

– Sim, mas e como? – perguntou Micha desesperado. – Isso daqui é a faixa da morte, cara, você é morto a tiros se pisar lá.

Carapinha olhou para Micha como se não compreendesse onde estava o problema e disse:

– Isso eu conto a você amanhã.

Ele queria desaparecer dali às pressas, mas Micha o segurou. Carapinha parecia conhecer a resposta para a pergunta mais importante de Micha!

– Como isso poderia ser possível? – quis saber Micha.

– As perguntas que você faz! – disse Carapinha e sacudiu a cabeça, atônito. Então ele apontou para a casa de Micha: – Aquela não é a sua casa?

– Sim, e daí? Você sabe muito bem que sim! – disse Micha, que sequer entendia o que Carapinha queria dizer com aquilo.

– Ora, com uma extensão você pode ligar seu aspirador de pó aqui.

– Sim, e daí? O que eu faria aqui com um *aspirador de pó*?

Carapinha apontou para um monte com entulho de construção, que já estava há anos diante da casa de Micha. No meio do monte de entulhos estava enfiado o pedaço, ainda bem longo, de um cano de esgoto.

– Você só tem de enfiar uma das pontas do cano no aspirador de pó e segurar a outra ponta na faixa da morte.

Micha ficou mudo... A idéia era genial. Ele só tinha que

escavar com o cano vezes suficientes no lugar em que mais ou menos estava caída a carta. Alguma hora a carta ficaria presa no final do cano. Micha foi buscar imediatamente um aspirador de pó e um cabo de extensão em seu apartamento. Carapinha teve de ajudá-lo, ainda que não estivesse com muita vontade.

Naquela noite, todos estavam um pouco mais alvoroçados do que de costume, talvez por causa da lua cheia. A existencialista, que passeava com Mario pela cidade, fazia discursos como há muito tempo não fazia.

– Cara, posso garantir a você, tô de tal manêra co'o saco cheio. Cara, eu sô pintora, mas o que tem pra pintá aqui? Você só precisa de uma cor, e essa cor é cinza, e você só vê uma cara, igual em todo mundo, e ela tá farta. Ei, sabe, eu dia desses ganhei algumas cor duma amiga lá do outro lado, porque elas são tão luminosa, tão sei lá mais o quê. Ei, vô dizê a você, nem sabia o que fazê com elas! Que se vai fazê com umas cor tão, tão, sabe, colorida? Ei, vô dizê a você, eles ainda acabam abolindo as cor por aqui. Se agora o vermelho das bandêra já fica mais pálido, eles acabam por levá a coisa a sério, tenho certeza! Não é de se admirá que todo mundo qué arrumá as mala e se mandá daqui. E quem ainda não se mandô, ainda vai se mandá. E quem ainda não qué se mandá, daqui a pouco já vai tá querendo. E o último que desligue a luz.

E naquele momento eis que as luzes, como se por um milagre, de fato se apagaram por toda a parte. Mario e a existencialista estavam parados no escuro. Era uma queda de energia comum, mas o estranho era a deixa e o fato de acontecer na região da fronteira. Isso jamais havia acontecido... Uma queda de energia na região da fronteira. A existencialista ficou tão inquieta com aquilo que começou a soluçar e se jogou ao pescoço de Mario.

– Merda, Mario. Acho que nós somos de fato os últimos por aqui. Eles se esqueceram de nós. Mas você não vai me deixá sozinha, né? Eu... e o bebê.

Mario achou que não estava ouvindo direito.

– O bebê? – ele perguntou.

Ela fez que sim. E assim Mario descobriu que se tornaria pai.

A queda de energia aconteceu exatamente no instante em que o policial da fronteira ligou o complicado aparelho japonês de hi-fi na rede elétrica alemã-oriental. Houve um curto-circuito... E a luz em toda a região habitada e na faixa da morte se apagou. Tudo ficou escuro como breu. O policial da fronteira, experiente em teorias conspiratórias, compreendeu com a rapidez de um raio que o aparelho de hi-fi japonês era uma espécie de cavalo de Tróia, e que somente por causa disso havia sido jogado às mãos da aduana, com o objetivo de causar uma queda de energia. E por isso o policial deu imediatamente o alarme geral.

– Alarme na fronteira! – ele gritou e disparou sinalizadores em direção aos céus, onde estava a lua cheia, ao que tudo indicava a culpada pelo fato de naquela noite estarem todos um tanto mais alvoroçados do que de costume.

Quando a primeira bala luminosa foi disparada aos céus, o senhor e a senhora Kuppisch subiram ao terraço para poder acompanhar melhor o espetáculo. Colocaram os braços um em volta do outro e gritaram "Oh!" e "Ah!". Eram fogos de artifício como jamais tinham visto, nem na noite de Ano-Novo, nem no aniversário da República, nem mesmo em um festival da juventude.

Naturalmente também houve queda de energia onde Micha e Carapinha se encontravam. O aspirador de pó apagou antes de os dois terem alcançado a carta com o aparato. E agora que puxavam de volta o imenso cano, foram descobertos por policiais da fronteira. O magnésio em fogo das balas luminosas proporcionava uma luz fulgurante e lançava sombras vigorosas, que logo se desenhavam nas paredes do muro multiplicadas. E uma vez que as balas luminosas subiam e desciam, também as sombras de Micha e Carapinha formavam-se, movimentavam-se e se desfiguravam, misteriosamente. Em sua agitação, eles davam a impressão de serem terroristas: as sombras caíam umas sobre as outras ou se afastavam, corriam para todas as direções, expandiam-se e desapareciam de repente. Não passaria pela cabeça de nenhum policial de fronteira a idéia de que os dois estavam apenas tentando pegar uma carta de amor da faixa da morte com a ajuda de um aspirador de pó e um cano extremamente longo. Era absolutamente impossível causar uma impressão inofensiva no fantasmagórico jogo de luz e sombra dos sinalizadores. E ainda por cima a lua cheia.

Quando o tiro ecoou, todo mundo na Alameda do Sol soube que daquela vez não se tratava de um disparo com munição luminosa, e quando Carapinha ficou deitado imóvel sobre o calçamento, todos souberam que aquele tiro tinha sido certeiro. Micha ainda estava com ele, também Mario e a existencialista chegaram logo. Também o senhor e a senhora Kuppisch sem perda de tempo desceram do terraço para ver o que havia acontecido; o mesmo aconteceu com o ABV, a quem o assunto também dizia respeito. Miriam e seu irmão mais novo também vieram. Carapinha estava deitado no meio da estrada, inerte, e todos choravam. O tiro havia rasgado o casaco na altura do coração. Todos sempre tinham esperado jamais ter de vivenciar algo como aquilo. Mas eis que agora tinha acontecido. Carapinha ainda se mexia. A existencialista se curvou e lançou sobre ele seus braços a fim de, pelo menos na morte, lhe dar uma cama mais confortável nos braços... Mas de repente Carapinha içou seu corpo. Desabotoou o casaco e tirou para fora, ainda atordoado, o *Exile on Main Street.* O disco estava arrebentado por causa do tiro, mas tinha lhe salvo a vida.

Carapinha começou a chorar.

– A gravação inglesa legítima! – ele soluçava, enquanto tirava os cacos de *Exile* da capa esfarrapada. – Era novinho em folha! Eu nem tinha aberto o plástico! E agora *os dois* estão estragados! Era um álbum duplo!

Carapinha se dissolvia em lágrimas.

– Carapinha, se tivesse sido apenas um... – disse a existencialista, e não ousou terminar a frase.

– Um não teria chegado, Carapinha – disse o senhor Kuppisch.

– Teria sim – disse Carapinha, sacudido por câimbras de choro. – *Mesmo assim!*

E então Micha viu a carta de amor voando sobre o muro, vinda da faixa da morte. A carta era uma bola de fogo. Uma bala luminosa tinha caído sobre a carta e posto fogo nela, ao que a carta foi levantada aos ares por sua própria corrente de calor para em seguida voar de volta, já na condição de cinza de si mesma, ao trecho mais curto da Alameda do Sol. Micha olhou a carta em fogo e, quando ela queimou completamente, olhou para Miriam. E eis que então, de repente, Miriam compreendeu o que tinha acontecido ali. Ela naturalmente não o compreendeu em detalhes, mas ficou claro que o tiro também tinha a ver com ela, de alguma maneira.

Alguns dias mais tarde, Miriam e Micha se encontraram na rua. Foi um dos últimos dias quentes do ano. Mais uma vez Miriam estava usando seu vestido de verão e nada por baixo. Micha acabava de abrir um picolé. Quando Miriam abriu seu coração a ele, Micha não ousou lamber o picolé, provavelmente porque achava que aquilo não seria nada *cool*, mesmo que na época essa palavra ainda não existisse. De modo que o picolé estava pingando sobre sua mão e correndo pelo antebraço abaixo.

Ambos tinham a consciência pesada: Miriam havia subestimado a ferida da dor de Micha por causa dela, e Micha havia ido longe demais na sua loucura da carta de amor. Se Carapinha não tivesse tido aquela sorte indescritível, Micha já não quereria mais viver. Pelo menos uma sombra teria caído sobre sua vida para sempre. Tivesse, quereria, teria...

Miriam conduziu o tema da conversa para o seu complexo de amasso. Ela sentia muito que Micha sofresse tanto quando ela dava seus amassos com ocidentais. Miriam tentou esclarecer a Micha que "eles" querem sempre dizer como tudo tem de ser, que "eles" proibiam tudo. Com "eles", ela naturalmente não se referia aos ocidentais, mas sim a tudo, de Erdmute Löffeling para cima – todos os que mandavam alguma coisa.

– Eles querem proibir tudo ou impedir que cheguemos às coisas – opinou Miriam. E de alguma maneira ela tinha de se defender contra aquilo, de alguma maneira ela tinha de sentir que eles não podiam proibir tudo conforme pensavam. E se ela dava uns amassos com ocidentais, isso lhe dava aquela sensação de que eles não tinham absolutamente todo o poder sobre ela, porque...

E enquanto ela procurava por palavras, Micha sentiu que o picolé em sua mão estava prestes a cair. Em resumo: ele interrompeu Miriam. Será que ela não queria ir com ele ao cinema dia desses, talvez, pois justamente agora estava passando *Volta ao mundo em oitenta dias*. Miriam, que queria falar de saudade, de seu horror diante da estreiteza e da nostalgia da distância, se sentiu como que redimida:

– Finalmente alguém me entende!

Micha não entendia absolutamente nada, mas quando Miriam se despediu dele aliviada, Micha acenou para ela... E nisso o derradeiro resto do seu picolé caiu sobre a parte da frente da sua camiseta.

No cinema eles viram a viagem de Phileas Fogg e seu criado Passpartout, eles viram mouros e dançarinas de ventre, florestas virgens e desertos, navios a vapor e balões, crocodilos, búfalos e elefantes que carregavam liteiras. Micha mais uma vez estava tão tímido que não ousou deitar o braço em volta de Miriam, ainda que o filme fosse longuíssimo e ainda que Miriam tivesse se aninhado em seu ombro.

Quando eles saíram do cinema, os tanques rolavam ao longo da Alameda Karl Marx. Era apenas um ensaio para a parada militar do dia 7 de outubro, mas os dois mais uma vez souberam com exatidão onde estavam. Os tanques fediam e barulhavam, e seria impossível um contraste mais forte com o leve e colorido filme. Miriam se jogou chorando aos braços de Micha, e Micha a abraçou, segurou-a com firmeza e tentou consolá-la. Mas não havia nada para ser consolado nisso: o filme havia *amolecido* Miriam, e de repente os tanques na noite... Miriam simplesmente não fora feita para contrastes tão gritantes.

Miriam calou-se obstinadamente durante todo o caminho de volta, no máximo sacudiu a cabeça uma ou duas vezes. Em casa ela se deitou na cama sem falar com ninguém. Na manhã seguinte, ficou deitada apenas fixando os olhos no teto. Ela não reagia a nada nem a ninguém. Também no dia seguinte e no outro ela ficou deitada, apática. Deixava que a fizessem ingerir chá ou um pouco de sopa de vez em quando. Naturalmente, sua família ficou preocupada. É que eles não sabiam o que estava acontecendo com ela. Também não se atreveram a dizer alguma coisa a Micha, pois sabiam como ele era sensível e que colocava a culpa de tudo em si mesmo. Apenas o ABV sugeriu a Micha que fosse ver Miriam, quando desse.

– Sua pequena não está bem.

Quando Micha sentou-se junto à cama de Miriam, ele mudou completamente. Conhecia as histórias das pessoas que entregavam os pontos naquele país e tinha apenas um desejo: salvar Miriam. Ele sempre quisera salvá-la. Às vezes tinha chegado a desejar que um fogo, ou até mesmo uma guerra, rebentasse de repente e que ele pudesse salvá-la da... Mas agora ele sentia que alguém *tinha* de vir e salvá-la. E esse alguém ele queria que fosse ele. E ele se inclinou sobre ela e disse:

– Sabe, muitas vezes eu me sinto como você, e então eu sempre escrevo tudo em meu diário. Mas você não está sozinha, de verdade que não. Você não está sozinha.

Miriam não mostrou reação, nem mesmo quando Micha lhe prometeu:

– Eu posso ler meus diários para você amanhã, se você quiser.

E então ele se despediu e correu para a sua casa, pendurou um *Proibido entrar* na porta do seu quarto e começou o trabalho. O problema era que Micha jamais tivera um diário. E agora ele precisava de um.

O primeiro diário foi o mais difícil, pois Micha tinha de escrevê-lo com a mão esquerda, a fim de que a escrita não parecesse hábil demais. O efeito de seus diários sobre Miriam seria maior quanto mais diários ele tivesse escrito, calculou Micha. E durante a noite inteira Micha se ocupou de seus diários, refletindo sobre o que significava viver aqui, no trecho mais curto da Alameda do Sol, onde as coisas correm como correm. E ele escreveu que a tinha amado desde sempre, porque tinha sentido que ela era algo especial e que nela vivia algo que a excedia, que ia além dela, e que ela sempre tinha lhe dado esperança e que ele desejava que ela alcançasse tudo, tudo, mas tudinho mesmo que desejava. Ele sabia que leria para ela todas as suas confissões, mas isso pouco lhe importava. Se era para levantar o astral de Miriam, para salvá-la, qualquer meio lhe parecia justo. Qualquer.

Na manhã seguinte, Micha foi encontrado pela senhora Kuppisch, exatamente como tinha adormecido sobre o último diário. A cabeça de Micha estava sobre o diário aberto, suas mãos estavam manchadas de tinta, e sete cartuchos de tinta estavam deitados, vazios, sobre a mesa. Sim, sete! Gengis Khan procriara sete filhos em uma noite, mas Micha gastara sete cartuchos em uma noite.

Quando Micha chegou com seus diários até Miriam, ela continuava deitada em sua cama, tão apática quanto nos dias anteriores em sua cama, os olhos fixos dirigidos ao teto. Micha tomou o primeiro diário e mostrou-o a ela:

– Olha só, você está vendo – ele disse –, na época eu mais garatujava que escrevia.

Miriam não esboçou nenhuma reação.

– Sim, pois é – disse Micha e pigarreou –, vou ler um pouco para você agora: Querido diário! Hoje foi um dia importante, pois hoje aprendemos a letra "ß". Agora vale a pena começar com o diário, porque agora já posso escrever uma palavra muito importante, que até hoje eu apenas podia pensar: SCHEIßE.[17]

Miriam sorriu. Micha, que não queria ser interrompido logo no princípio, rechaçou-a com um gesto:

– Momento, só um momento, a história continua...

Mas então ele estacou, surpreso, e se deu conta de que Miriam voltara a si. Ela estava voltando a assimilar alguma coisa, ela ouvia, ela reagia, ela sorria! Micha estava mais do que feliz:

– Você... eu consegui que você...

Miriam sorria, e ele irradiava felicidade até que por fim ela enlaçou seu pescoço com os braços e puxou-o para baixo e enfim cumpriu sua promessa: mostrou a ele como os ocidentais beijavam.

O irmão mais novo de Miriam estava parado à porta, olhando. Já não era sem tempo, ele pensou.

Então ele foi ao parque, exigiu um Stretcha Fetcha e contou a Mario e à existencialista, a Carapinha, ao Gordo, a Óculos e ao Canhão, como Miriam tinha sido salva por Micha.

– Pessoal, isso é amor! – disse o irmão mais novo de Miriam, e todos anuíram, reverentes, e calaram. E quando a sombra de uma nuvem passou por cima deles, tremeram de frio.

Quando Micha deixou Miriam naquela tarde e foi para casa com um sentimento de realização, a senhora Kuppisch lhe abriu a porta chorando.

– O Heinz está... morto! – ela disse e apontou para a sala. Heinz estava sentado, morto, na poltrona.

---

17. "MERDA" em português. O "*ß*" é uma letra característica do alemão e equivale mais ou menos aos dois "ss". (N. do T.)

– Câncer de pulmão! – disse Sabine entre lágrimas. – O médico acha que foi câncer de pulmão.

A campainha tocou, e o senhor Kuppisch abriu. Diante da porta estava o vizinho da Stasi, que deu os pêsames à família Kuppisch. Ele estava até usando um terno preto.

– Eu sempre mantive discrição no que diz respeito à minha profissão – disse ele um tanto solene. – Mas já que somos vizinhos há tanto tempo...

Ele acenou para dois homens nas escadarias, que logo em seguida manobraram com um caixão para dentro do pequeno apartamento. Assim, a família Kuppisch descobriu que seu vizinho era dono de uma funerária. O senhor Kuppisch estava tão surpreso que ficou totalmente pálido. Seu vizinho lhe serviu uma aguardente.

– Ora, senhor Kuppisch, não é nada incomum que sua circulação deixe de funcionar. Isso é nosso ganha-pão.

O senhor Kuppisch empinou o copo de aguardente e, quando voltou a se sentir melhor, disse ingenuamente a seu vizinho o que acabava de lhe passar pela cabeça:

– Melhor um vizinho dono de funerária que um vizinho da Stasi. Aí pelo menos sabemos em que pé estamos.

O vizinho nem de longe entendeu o que levou o senhor Kuppisch a fazer aquela comparação, mas mesmo assim concordou, cheio de compreensão. E em seguida pôs mãos à obra.

Quando o caixão foi aberto, o coração de Micha se encolheu em câimbras. A senhora Kuppisch tinha tantas lágrimas nos olhos que não conseguia mais reconhecer seu irmão morto. Bernd perguntou a Sabine onde é que estava o ministro de Deus por causa da extrema-unção e do paraíso, mas Sabine apenas soluçou:

– Esse era dos monótonos... Por causa dos votos de castidade, pai. Você já ouviu falar alguma coisa sobre isso?

E quando Heinz foi deitado no caixão, aconteceu mais alguma coisa que encheu os olhos de Micha de lágrimas: um tubo de SMARTIES escorregou de uma das pernas de suas calças.

Heinz teria podido se transformar no maior contrabandista, pensou Micha, mas teria de pelo menos uma vez ter trazido algo proibido, uma bomba, ou *Moscow, Moscow* ou revistas pornográficas...

– Mas não sempre uma coisa destas! – soluçou Micha ao levantar os SMARTIES.

Para o enterro de Heinz, permitiram que a senhora Kuppisch viajasse ao outro lado. Era a primeira vez que alguém daqueles que viviam no trecho mais curto da Alameda do Sol podia viajar ao Oeste. Talvez ela tivesse podido ir por ter deixado a família como garantia. Ou porque sempre pendurava a bandeira à janela, assinava o *ND*, alojara hóspedes do festival da juventude... A senhora Kuppisch pôde ficar apenas uma noite no Oeste. Quando voltou, ela colocou uma lata de café sobre a mesa.

– Contrabandeei!

– Será que vai começar tudo de novo!? – bocejou Micha. – Mãe, café é completamente legal, você não precisa contrabandeá-lo, então seria melhor se você tivesse trazido...

O senhor Kuppisch já havia aberto curiosamente a lata, colocando-a, deleitado, sob o nariz.

– Isso não é café!

Bernd colocou a mão dentro da lata. Farelos pretos ficaram presos à ponta de seus dedos.

– Isso mais parece...

Desnorteado, ele esfregou o pó entre os dedos. Droga não era.

Sabine foi quem teve a primeira suspeita:

– Não vai me dizer que isso é o tio Heinz?

A senhora Kuppisch anuiu, orgulhosa.

Micha, Sabine e Bernd, o senhor e a senhora Kuppisch contemplaram por um minuto, em silêncio, o conteúdo da lata.

– Paz a suas cinzas – disse o senhor Kuppisch por fim e voltou a fechar a lata. Ninguém havia pensado em vivenciar mais um golpe ousado de contrabando com Heinz no papel principal. Mas aquilo superava tudo: Heinz, ele mesmo, fora contrabandeado do Oeste ao Leste. Um final mais digno não poderia ser imaginado.

Ao anoitecer, Heinz foi enterrado no cemitério no caminho do Horto Florestal, sob uma castanheira. A expressão "O funeral ocorreu no maior sossego" jamais foi tão procedente como naquele enterro, ainda que todos do trecho mais curto da Alameda do Sol tivessem se reunido, até mesmo o ABV e o policial da fronteira. O discurso fúnebre foi bem curto.

– Heinz – disse o senhor Kuppisch solenemente –, você foi não apenas nosso cunhado, irmão e tio... Você foi nossa parentela do Ocidente!

Eles tamparam a cova com terra e foram para casa. A caminho, todos conversavam. Apenas Micha não participava das conversas. Ele estava pensando no que deveria fazer com seus diários. Havia lido suas anotações a Miriam apenas no primeiro dia, mas o melhor ainda estava por vir. Se vou virar escritor? ele perguntava a si mesmo. Não, ele pensava, como é que eu posso descrever tudo isso sem que meus leitores balancem a cabeça negativamente? E quando me ponho a ouvir com que importância eles comentam acerca de tudo: a existencialista contava a Mario sobre um novo livro de educação infantil que havia sido publicado no Oeste, e queria que seu filho, quando nascesse, crescesse como um índio Yequana. O ABV comunicava a todos que com certeza no próximo aniversário seria promovido. Carapinha dizia que no Centrum havia tido licenças na última sexta-feira. O senhor Kuppisch repetia pela quinta vez que tinha sido uma sorte eles terem comparecido às eleições, pois do contrário a senhora Kuppisch com certeza não teria podido viajar ao Oeste. E se por acaso significava alguma coisa que os Alscher do terceiro andar fossem os responsáveis pelo livro de atas do prédio... Eles com certeza faziam parte da Stasi...

Cara, como nós movimentamos o ar à nossa volta, escreveu Micha mais tarde. *E seguiria sendo assim, eternamente. Era de vomitar, de cabo a rabo, mas nós nos divertimos a valer. Éramos todos tão inteligentes, tão lidos, tão interessados, mas no balanço final era tudo tão idiota. Nós tomávamos o futuro de assalto, mas éramos tão atrasados. Meu Deus, como nós éramos estranhos, e sequer chegamos a percebê-lo.*

E seguiria sendo assim, eternamente, mas acabou acontecendo algo que interrompeu o curso das coisas.

Mario e a existencialista tinham comprado um velho Trabi, mas enquanto Mario não completava dezoito anos ele não podia dirigir, e mesmo quando os completasse, teria de fazer a autoescola primeiro, coisa que não haveria de ser tão fácil, pois ele tinha voltado a ter cabelos compridos. Mas então Mario quis começar a ganhar dinheiro como motorista ilegal de táxi. E isso que havia bem poucos táxis, e certamente nenhum quando se precisava deles; e quem tinha um carro e precisava de dinheiro era motorista ilegal de táxi. E em pouco tempo ele precisaria dinheiro, pois a existencialista já estava no oitavo mês.

Mario se ocupava com o carro do princípio do dia até bem tarde. Nada naquele velho Trabant funcionava; literalmente tudo tinha de ser consertado. Desde que eles compraram o carro, a existencialista via apenas os pés de Mario.

– Como é que pode um carro tão simples estragar tantas vezes! – ela exclamou certo dia, e quando Mario a acalmou com um "Não, isso é apenas a parafuseta superior da manga de vedação que às vezes acavala na fenda de condução..." ela sentiu as dores do parto.

– Meu Deus, Mario, está na hora! – chamou a existencialista. Mario saiu de debaixo do carro se arrastando.

– Corra ao telefone! Chame um táxi! – gritou a existencialista.

– Aqui não tem telefone! Aqui não tem táxi! Eu levo você.

– Com o quê? – perguntou a existencialista desesperada, mas no mesmo momento ela adivinhou o que Mario queria dizer. – Mario, já faz três semanas que temos esse troço e ele não andou um metro sequer!

– Mas então já é tempo que ele ande! – exclamou Mario, virou a chave na ignição e de fato... o motor pegou!

– Não pode ser – murmurou Mario. Ele colocou a existencialista no banco do carona, fechou a porta e acelerou para fora do portão da garagem, onde ainda há pouco estava consertando o carro. Chovia aos cântaros, caía água aos potes. Quando o carro dobrou a toda na rua, perdeu o escapamento e os silenciadores na quina do meio-fio. O carro metralhava de dar pena. A criança teria de conviver a vida inteira com um dano irreversível, temeu a existencialista. Nascer no Trabi é tão ruim como vir ao mundo em um bombardeio aéreo. Mario não era assim tão atencioso. Ele gritava, entusiasmado em meio ao barulho:

– Até o limpador de pára-brisas funciona, você viu isso?

A existencialista não se interessava por tais detalhes, ela queria fugir do inferno daquele barulho antes de a criança chegar ao mundo.

Mas de repente a viagem chegava a seu fim. Um policial de trânsito estava em pé no meio da estrada.

– Deixe-nos passar! – gritou Mario. – Nós vamos ter um filho!

– Desligue o motor – disse o policial. – Primeiro nós vamos deixar a delegação soviética passar.

– Não – gritou Mario –, nós vamos ter um filho agora! – e engatou a marcha e disparou pela avenida principal.

Mais tarde contou aos do parque:

– Quando sua namorada está sentindo as dores do parto, você não toma conhecimento de nenhuma visita de Estado.

Quando Mario dobrou para a rua central, a delegação passou por ele; treze limusines oficiais dirigiam a toda velocidade para o centro da cidade. Mas Mario era ainda mais rápido. Em pouco tempo ele alcançou o último carro e em seguida passou a ultrapassar, uma por uma, todas as limusines oficiais.

A existencialista estava deitada, mergulhada em suor, no banco do carona e já em meio às dores do parto. Quando Mario já havia ultrapassado quase o comboio inteiro, dois carros desviaram e cercaram o Trabi de Mario, de modo que ele teve de parar. Mario deixou o motor apagar. De imediato, tentou dar a partida novamente, mas não teve sucesso. Desceu do carro e ficou parado em meio à chuva, que caía torrencialmente. A existencialista gemia e arquejava. Mario sentia-se mais desamparado do que nunca, e em seu desespero não lhe ocorreu outra coisa a não ser fazer gestos e pedidos suplicantes em direção às limusines oficiais de vidros escuros. E eis que de fato a porta de um carro se abriu e um dos russos desceu. Ele tinha uma grande marca de nascença na testa, que no primeiro momento lhe dava um aspecto assustador.

– Por favor! – disse Mario valentemente. – Nós vamos ter um filho!

O russo apenas fez um movimento de mão em direção ao céu... E de um momento para outro parou de chover. Então ele se curvou para dentro do carro, onde a existencialista estava deitada em meio às dores do parto. Ela gemia e gritava. O russo mexeu e remexeu no interior do carro e alguns instantes mais tarde saiu de lá e tinha nas mãos um recém-nascido já de fraldas, pronto, que ele então colocou nos braços de Mario. Quando ficou com as duas mãos livres, o russo tocou o capô do Trabi. O carro imediatamente voltou a funcionar.

– Esse é um russo que faz milagres! – exclamou a existencialista. – Pergunte a ele como ele se chama!

Mario perguntou, excitado:

– *Kak tibiá zavut?*[18]

Mas o russo milagreiro já tinha embarcado em seu carro com um sorriso e seguido adiante.

---

18. "Como você se chama?"; em russo, no original. (N. do T.)

Mario e Elisabeth estavam parados com seu bebê no meio da estrada e acompanharam as limusines oficiais com os olhos, e quanto mais o comboio se distanciava, mais claro era para os dois que eles haviam acabado de viver algo em que ninguém acreditaria. E também o filho deles crescerá e aprenderá a perguntar e a ouvir... Mas as coisas naquele país ele provavelmente compreenderá tão pouco quanto seus pais.

Quem de fato quiser preservar o que aconteceu, não deve se abandonar às recordações. A recordação humana é um processo aconchegante demais para reter o que passou; ela é o contrário daquilo que alega ser. Pois a recordação pode mais, muito mais: ela realiza teimosamente o milagre de fazer pazes com o passado, na medida em que volatiliza cada rancor e deita o suave véu da nostalgia sobre todas as coisas que um dia foram sentidas de modo afiado e cortante.

Pessoas felizes têm uma memória ruim e ricas recordações.

Posfácio

Marcelo Backes

Thomas Brussig (1965) é um dos autores mais conhecidos e talentosos da literatura alemã contemporânea e uma das grandes revelações da virada do milênio em uma das literaturas mais vigorosas da atualidade.

Em *Heróis como nós* (*Helden wie wir*), de 1995 – uma obra contemporânea que bebe da fonte antiga do romance pícaro –, Brussig focalizou o instante exato da queda do muro de Berlim e abordou um dos acontecimentos mais decisivos do século 20. Provocador a não mais poder, sarcástico até o fim do mundo, o romance conta a história de Klaus Uhltzscht – sobrenome que mesmo em alemão soa pra lá de estranho em sua infinidade de consoantes e pelo caráter guturalizante de sua única vogal –, um jovem tímido e apalermado que cresce no idílio caduco da Alemanha socialista.

"Se eu fosse homem de verdade cometeria suicídio prendendo a respiração", é o que o personagem conclui – cheio de auto-ironia – a certa altura. Filho de um espião da Stasi, o Ministério da Segurança – com funções de serviço secreto – da Alemanha Oriental, e de uma inspetora de higiene, fracassado em tudo que planeja, do esporte às especulações de se tornar um agente de primeira linha, passando pelas aventuras sexuais, ele acaba sendo decisivo na queda do muro. Na noite em que tudo acontece, Uhltzscht baixa as calças diante dos soldados que, pasmos e assustados com o tamanho daquilo que o herói revela ao universo atônito de seus olhos, se perdem na distração... Um fotógrafo ocidental eterniza a cena! Após ter sofrido a vida inteira com o tamanho de seu diminuto, e em seguida tê-lo visto crescer a ponto de se tornar gigantesco – depois de uma operação cirúrgica arriscada, e em certo sentido malograda, em que salva o secretário-geral do partido através de uma doação de sangue –, Uhltzscht busca a fama contando sua história no interminável monólogo de uma entrevista gravada para um certo Mister Kitzelstein, do *New York Times*, aproveitando o furor do boato que o responsabiliza pela queda do muro de Berlim.

O universo da presente novela, cuja tradução literal seria "No trecho mais curto da Alameda do Sol" (*Am kürzeren Ende der Sonnenallee*), publicada quatro anos depois, em 1999, é o mesmo, mas ela aborda a Alemanha oriental dos anos anteriores à queda do muro. O título da obra reflete a muito peculiar situação de uma avenida – a Alameda do Sol, ou Sonnenallee, de fato existente – de mais de quatro quilômetros, que atravessa Berlim. Da rua toda, apenas sessenta metros acabam sendo destinados à parte oriental; porque Stálin gostou do nome, amava a arte e se mostrou nobre ao oferecer fogo para Churchill acender seu charuto apagado; e só porque Churchill se permitiu o descuido de deixar seu charuto apagar. E é na Alameda do Sol que vivem os personagens centrais da obra...

O charuto apagado de Churchill repete o humor – um tanto amenizado e bucolizado, vá lá – de *Heróis como nós*.

A novela de Brussig foi um sucesso cinematográfico e nasceu da união íntima entre cinema e literatura. Michael Kuppisch, o Micha – a cujo apelido a mãe dá um sotaque russo, tentando aumentar especulativamente suas chances de freqüentar um colégio de elite, na União Soviética –, não deixa de repetir os fracassos de Klaus Uhltzscht e, assim como ele, se mostra um eterno perdedor, um pateta essencial às voltas com a crueza do mundo. Nesse sentido, aliás, não deixa de ser um *Cândido* do socialismo real, provando mais uma vez – e contemporaneamente – a tacanhice das visões de Pangloss...

A novela de Thomas Brussig é bem construída ao extremo e repleta de cenas patéticas – até a morte é patética, quando acontece –, cheias de humor. Um narrador misterioso, que não se apresenta, é parte onisciente dos acontecimentos e se inclui na história a partir de um "nós" absolutamente coletivo. No final, esse narrador faz um arremate metaliterário grandioso, debatendo a memória e a recordação, que ativaram também nele o impulso à escritura.

A profusão de siglas na novela é um sintoma do burocratismo do socialismo realmente existente da República Democrática Alemã – e a maior parte dessas siglas hoje em dia não é conhecida nem mesmo pelos alemães. Vários episódios são enunciados e desenrolados apenas no correr da narrativa, impulsionando o leitor adiante em busca do desenlace. Assim acontece com a história intrigante do passaporte, que é recuperada quando menos se espera, mostrando que todos os fios da narrativa – mesmo quando aparentemente soltos – são bem atados... O episódio da primeira carta de amor de Micha – que se perdeu, levada pelo vento, na faixa da morte que divide o lado leste do lado oeste de Berlim – perpassa o livro inteiro e é uma espécie de fio condutor da narrativa. Em uma das tentativas de recuperá-la, um dos amigos conta sua primeira experiência sexual enquanto ambos esperam secar a cola na extremidade do anzol – lançado à faixa da morte para pescar a carta –, numa passagem que caracteriza um *flashback* magistral. Na tentativa final de recuperar a carta, Brussig chega a brincar – deliciosamente sarcástico – com a tradição do expressionismo alemão, construindo um cenário espectral de luzes e sombras. Além disso, há todo o caráter fabular da parte final do livro. Em uma das cenas, a Bela Adormecida é acordada, ou a princesa é salva pelo palhaço que será seu esposo, parecendo mostrar que apenas no mundo da fantasia o perdedor da realidade consegue lograr êxito. Em outra, o mago milagroso do socialismo real faz a vida prosseguir, por meio do nascimento de uma criança com um simples toque...

Thomas Brussig estreou na literatura em 1991 com o romance *As cores da água* (*Wasserfarben*), escrito sob pseudônimo.

Nessa primeira obra, o tom de Brussig é bem menos agressivo, mais discreto, mais realista, quase clássico – a influência do *Wilhelm Meister* de Goethe é visível, sobretudo no desfecho do romance –, ainda que o tema seja aparentado: a vida da juventude na Alemanha socialista. Depois do êxito de *Heróis como nós* – também adaptado com sucesso para o cinema – e de *Am kürzeren Ende der Sonnenallee*, Brussig publicou ainda um monólogo teatral (*Leben bis Männer*: algo como *Vida até adultos*), no qual um treinador de futebol solta os cachorros de sua vida interior sobre o mundo. Recentemente, em 2004, Thomas Brussig publicou o monumental romance *Como brilham* (*Wie es leuchtet*), decidido a fazer uma abordagem ainda mais profunda e ainda mais extensiva de seu assunto fundamental: a queda do muro do Berlim.

Glossário

7 DE OUTUBRO – Referência ao dia (7.10.1949) em que foi fundada a República Democrática Alemã (RDA), ou Alemanha Oriental, a partir da zona de ocupação soviética mais o setor leste de Berlim. A Alemanha Oriental – que intitulava a si mesma de República Socialista – existiu na condição de Estado alemão até o dia 2 de outubro de 1990. Na República Federativa da Alemanha (RFA), ou Alemanha Ocidental, a RDA no princípio – e isso durou até os anos 60 do século 20 – foi chamada de zona soviética, zona oriental ou zona de ocupação soviética.

ABV – Em alemão, *Abschnittsbevollmächtigter*, que literalmente daria algo como "Responsável de Setor"; designa – conforme pode ser visto ao longo do livro – uma espécie de guarda da Alemanha Oriental, ou República Democrática Alemã, a Alemanha Comunista.

AFC – Do inglês *Automatic Frequency Control*; em português, Controle Automático de Freqüência.

ALAMEDA KARL MARX – *Karl-Marx-Allee* no original alemão,

ARESTA – *Kante*, no original alemão. Foi evitada a tradução por "Canto" devido à dubiedade da palavra no português.

ARMAÇÃO DA ÁGUIA – *Adlergestell* no original alemão; nome de uma rua de Berlim ainda hoje existente.

AVANTI POPOLO – Referência a uma das mais célebres canções dos trabalhadores revolucionários, que instiga o povo a seguir avante com coragem, seguindo a *Bandiere rossa* (bandeira vermelha) até a revolução e o triunfo; já mereceu homenagem em título de filme, inclusive.

AWO – Célebre motocicleta comunista, cujo som – "farto" e "satisfeito" – é elogiado por todos os amantes de *oldtimers* (carros antigos) e devidamente cantado – "profundo" e "tranqüilo" – por Thomas Brussig. A motocicleta hoje em dia tem clubes de fãs, reais e virtuais, por toda a Alemanha.

Berliner Zeitung – Jornal Berlinense, em português; em comparação ao *ND (ver)*, era menos importante.

Bild – O maior jornal da Europa e um dos grandes pilares da Alemanha capitalista; populista, apelativo e de orientação conservadora.

Caminho do Horto Florestal – *Baumschulenweg*, no original alemão.

Carapinha – *Wuschel*, no original alemão, que designa cabelo densamente encaracolado.

Corte Suíça – *Schweizer Hof*, no original alemão.

Dreyfus – Referência ao capitão de artilharia, de descendência judaica, Alfred Dreyfus, que foi preso e exilado no final do século 19, acusado de espionagem. Em sua homenagem – e defesa –, Émile Zola publicou na revista *L'Aurore* sua célebre carta aberta dirigida ao presidente francês Félix Faure e intitulada *J'accuse* ("Eu acuso").

DSF – Sigla para *Deutsch-Sowjetische Freundschaft*, ou seja, "Amizade Soviético-Alemã".

DTSB – Sigla para *Deutscher Turn- und Sportbund*, entidade da Alemanha comunista responsável pelo valorizadíssimo desporto do país; em português, "Federação Alemã do Esporte e da Ginástica".

Exército Popular Nacional – *Nationale Volksarmee*, no original alemão.

FDJ – *Freie Deutsche Jugend*, em alemão. Era tradicional e engajava os jovens construtores e pioneiros do socialismo do futuro.

GST – Sigla para *Gesellschaft für Sport und Technik*, em português "Sociedade para Esporte e Técnica".

Java – Motocicleta de fabricação tcheca, cuja "fama" chegou a alcançar o Brasil.

Montanha de Müggel – *Müggelberg*, no original alemão;

nome dado a duas pequenas montanhas em Berlim, sendo que a maior delas atinge apenas 115 metros. Daí a ironia de chamarem de "Montanha de Müggel" a alguém que dava a si mesmo o codinome de Everest e de Stálin de Espadas (*Pik Stalin*), para acabar – na combinação de ambos – em "Montanhinha de Espadas" (Pik Müggelberg).

ND – Sigla para o jornal *Neues Deutschland*, "Nova Alemanha", o órgão oficial do sistema comunista na Alemanha Oriental.

ÓCULOS – *Brille*, no original alemão.

OvD – Sigla para *Oberster vom Dienst*; algo como "Superior da Função" em português.

Q3a – Tipo de construção extremamente simples, de telhado plano e feita de chapas de betão. Virou até nome de discoteca e de bar em Berlim.

RDA – República Democrática Alemã. A Alemanha Oriental – e comunista –, portanto.

ROSENBERG – Referência ao casal Julius e Ethel Rosenberg, descendentes de judeus e comunistas, que no princípio do verão de 1950 foram presos pelo FBI no Lower Eastside de Nova York e executados na cadeira elétrica em 19 de junho de 1953, na prisão de Sing-Sing (*ver*). Apesar dos apelos de Louis Aragon, Sartre e Jean Cocteau, entre outros escritores e artistas, e até mesmo do papa Pio XII, a sentença não foi revogada. Ambos juraram sua inocência – foram acusados de espionagem – até a morte. O caso simboliza toda a histeria paranóica – e a mania de espionagem – dos americanos em relação à União Soviética depois do final da Segunda Guerra Mundial. Uma época na qual foi impresso o seloautoritário e paranóico do senador republicano Joseph McCarthy, com sua conhecida caça às bruxas.

RUA DE LEIPZIG – *Leipziger Strasse*, no original.

RUA DO HORTO FLORESTAL – *Baumschulenstraße*, no original alemão.

RUA FUNDA – *Tiefstraße*, no original alemão.

SANGUE DE URSO – *Bärenblut*, no original alemão. Vinho tinto de péssima qualidade, conforme inclusive fica implícito.

SCHNITZLER, KARL-EDUARD VON (1918-2001) – Célebre comentarista de rádio na Alemanha Oriental e coordenador do grupo de comentaristas do Comitê de Rádio e Televisão Estatal da RDA e mais tarde comentarista-chefe da televisão da Alemanha Oriental. Era tido como "linha dura" e fiel ao partido – e por isso vítima de uma série de piadas na RDA. Foi também membro da direção executiva do DSF (*ver*).

SED – Sigla para *Sozialistische Einheitspartei Deutschlands*, em português algo como Partido da Unidade Socialista da Alemanha. Surgiu da unificação hegemônica – ordenada por Moscou – do Partido Social-Democtada (SPD) e do Partido Comunista da Alemanha (KPD) no ano de 1946. Controlou o poder ao longo da existência da República Democrática Alemã.

SING-SING – Nome da prisão de Nova York em que foi executado o casal Julius e Ethel Rosenberg (*ver*). Chamada pelos nova-iorquinos de "Up The River", foi construída no século XIX. Entre 1891 e 1963, foram executadas 641 pessoas em Sing-Sing. James Cagney a tornou mundialmente conhecida em seus filmes, na década de 30. A origem do nome é indígena, partiria das palavras Sint Sinks, que significam algo como "Pedra sobre Pedra".

SKAT – Jogo de cartas para três ou quatro jogadores com 32 cartas, na qual o valete (11) vale como maior trunfo, e o ás é a mais valiosa. A palavra, segundo consta, se origina do verbo de ascendência latina *scartare* (italiano) ou *écarter* (francês) e designa o princípio orientador do jogo: descartar (as duas cartas que são deitadas de lado sem serem conhecidas).

SMARTIES – Marca de balinhas de chocolate envolvidas por açúcar colorido fabricadas pela Nestlé. Produzido pela primeira vez em 1937, na Inglaterra.

SPRINGER – Nome de edifício dos proprietários de vários meios de comunicação na Alemanha, inclusive do jornal *Bild* (*ver*), nas proximidades do muro, do lado ocidental de Berlim.

Sputnik – Significa algo como "companheiro de caminho". Primeiro satélite na órbita terrestre, tão importante que a palavra chegou a se tornar sinônimo para satélites terrestres na Europa Oriental. Todos os primeiros dez satélites soviéticos receberam o nome de Sputnik.

STASI – Sigla para *Ministerium für Staatssicherheit*, Ministério da Segurança Pública (Estatal), em português. Tinha as funções de "serviço secreto" da RDA no interior e no exterior, com órgãos de investigação próprios. Era, segundo a SED (*ver*) "escudo e espada do partido". Stasi é a designação que o povo deu – e se cristalizou – para o Ministério; foi fundado em 1950 e era responsável pelo impedimento, descoberta e combate aos ataques de serviços secretos imperialistas e outras forças inimigas da RDA.

SV – Sigla para *Sozialversicherung*; ou seja, "Seguridade Social", em português.

Trabi – Nome carinhoso para o Trabant, o carro da República Democrática Alemã (RDA) por excelência.

TSC – Sigla para *Turn und Sportclub*; em português, Clube de Esportes e Ginástica.

Wernesgrüner – Marca de cerveja, famosa ainda hoje na Alemanha; assim como a champanha *Rotkäpchen*, ou "chapeuzinho vermelho".

#LIT44219

O charuto apagado de Churchill

IMPRESSÃO:

GRÁFICA EDITORA Pallotti

IMAGEM DE QUALIDADE

Santa Maria - RS - Fone/Fax: (55) 3222.3050

www.pallotti.com.br

Com filmes fornecidos